簡單日語

（二）

林政德 編著

鴻儒堂出版社發行

（二）

林迫夫　詩等

象鼻堂出版社印地龍化

序　言

⑴　本書「簡單日語」第 2 册，經過三年之計劃與編集，
　　今天終於能與各位見面，除卸下重擔之安慰之外，感謝
　　鴻儒堂出版社社長黃成業先生以及各位日文系先進之不
　　孜不倦之協助，在此，謹致萬分之謝意。

⑵　本書之特點，簡摘如下：

①　廣範地網羅所有之日語基礎文法。

②　舉例句特別多，且附以英文，以資能更明確其句型。

③　易混淆之句型及單語，並排列舉，以便能分出其差
　　異。

④　習題特別多，除翻譯題之外，尚附很多塡充題，以
　　便能充分地複習。

⑤　附有很多插圖，以增加興趣。

⑥　印刷清晰，譯文詳細正確。

⑦　本書兼有「課本」與「文法書」之雙重效果。只要
　　讀完本書，相信不必再看文法書。

⑧　課文儘量採取現代日本人常用句語，一些過時之句
　　語避免列入。

⑨　文章材料，儘量搜羅現今日本實情，且廣範地涉及
　　到日本人之日常生活。

⑶　本書相信已傾盡本人之所有才智，全力以赴，始得以
　　完成。惟，人非完人，錯誤難免，謹請先進不吝指正，
　　以便再版時能更臻完整，無任感禱。

⑷　若有任何指教，敬請與鴻儒堂出版社聯絡為荷。

　　　　　　　　1995年 7 月　　編者　林　政　德　謹識

目 次

目的地 へ 行くバス （往 目的地 去的公車）

私のうちの近くにバスの停留所があります。
いつも人が大勢います。
大人もいます。子供もいます。
男の人もいます。女の人もいます。
会社員もいます。学生もいます。
この人達は皆バスに乗る人達です。

今バスが来ました。
バスが停留所に止まりました。
バスを降りる人が先に降りました。
バスに乗る人が後から乗りました。
このバスは早稲田へ行くバスです。

向こうにもバスの停留所があります。
あれはどこへ行くバスですか。
あれは上野へ行くバスです。
あれはどこから来るバスですか。
あれは浅草から来るバスです。

あそこにいる女の人は誰ですか。
あの人は黄さんです。
あの人はどこから来た人ですか。
あの人は台湾から来た人です。

課文中譯

我家附近有公車的招呼站。
經常有很多人在那裏。
有大人。也有小孩。
有男人。也有女人。
有公司之職員。也有學生。
這些人都是要搭公車的人。

現在公車來了。
公車停在招呼站了。
下車的人，先下來了。
上車的人，後上車了。
這輛公車是開往早稻田之公車。

那邊也有公車招呼站。
那是開往哪裏的公車？
那是開往上野的公車。
那是由哪裏開來的公車？
那是由淺草開來的公車。

那裏的女人是誰？
那個人是黃小姐。
那個人是由哪裏來的人？
那個人是由台灣來的人。

〔句型〕 (1)「人很多」用「大勢（おおぜい）」。

(2)「動物很多」「東西很多」均用「沢山（たくさん）」。

〔文型（ぶんけい）〕

(1) 人が大勢（おおぜい）います。　　（有很多人。）
犬（いぬ）が沢山（たくさん）います。　　（有很多狗。）
椅子（いす）が沢山（たくさん）あります。（有很多椅子。）

(2) バスが来（き）ました。　（公車來了。）

表示前面的單語是「主語」。

主語 = { ①動作的主體
　　　　 ②存在的主體

例：① 先生（せんせい）が来（き）ました。（老師來了。）
雨（あめ）が降（ふ）りました。（下雨了。）
花が咲（さ）きました。（花開了。）

② 本があります。　（有書。）

　　木があります。　（有樹。）

　　人_{ひと}がいます。　（有人。）

　　犬がいます。　（有狗。）

(3)　バスは大衆_{たいしゅう}の乗_のり物_{もの}です。

　　　表示前面的單語是「題目語」。

　　　題目語＝待説明之 ╭ 名詞
　　　　　　　　　　　 ╰ 代名詞

例：　名詞　　は　　説明子句

　あのバスは台北_{たいほく}から来_きます。　（那輛公車，由台北開來。）

　あの人は日本から来た人です。　（那位是由日本來的人。）
　　　　　　　　　　　　　　是

今日_{きょう}は木曜日_{もくようび}です。　　　（今天是星期四。）

今日は二十四日_{にじゅうよっか}です。　　　（今天是二十四號。）

今日は寒いです。
　　　　形容詞

　※形容詞之後之「です」僅表示敬體，不做「是」譯。

今日は暖かです。
　　　　形容動詞

　※形容動詞所接連之「です」，係其形容動詞本身之語尾，
　　故亦不做「是」譯。

例：　代名詞　　は　　説明子句

これは本です。　　　（這是書。）

ここは台中_{たいちゅう}です。　　　（這裏是台中。）

こっちは北_{きた}です。　　　（這邊是北方。）

私は学生です。　　　（我是學生。）

― 3 ―

⑷ バスに乗_の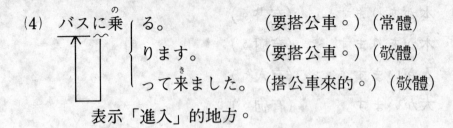

る。　　　　　　　（要搭公車。）（常體）

ります。　　　　　（要搭公車。）（敬體）

って来_きました。　（搭公車來的。）（敬體）

　　　表示「進入」的地方。

例：部屋_{へや}に入_{はい}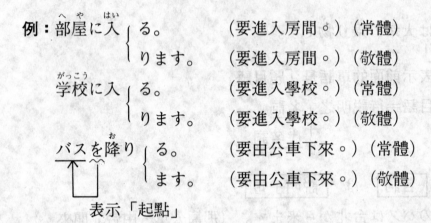

る。　　　　　（要進入房間。）（常體）

ります。　　　（要進入房間。）（敬體）

学校_{がっこう}に入 る。　　　　　（要進入學校。）（常體）

ります。　　　（要進入學校。）（敬體）

バスを降_おり る。　　　　　（要由公車下來。）（常體）

ます。　　　　（要由公車下來。）（敬體）

　　　表示「起點」

例：学校_{がっこう}を出_で る。　　　　　①要由學校走出來。 } （常體）

ます。　　　　②要畢業。

①要由學校走出來。 } （敬體）

②要畢業。

うちを出 る。　　　　　（要出門。）（常體）

ます。　　　　（要出門。）（敬體）

⑸ 停留所_{ていりゅうじょ}に止_とま

る。　　　　　（要會停在招呼站。）（常體）

りま す。　　　　（要會停在招呼站。）（敬體）

した。　　　　（停在招呼站了。）（敬體）

　　　表示「歸著點」

例：台北_{たいほく}に着_つきました。　　　　（到達台北了。）（敬體）

台北駅_{たいほくえき}の近くに止_とまりました。（停在台北車站附近了。）（敬體）

うちに帰_{かえ}りました。　　　　　（回到家了。）（敬體）

〔**説明**〕 爲簡化「敬體」、「常體」之附記，請記住下面説明。

動詞	ま	す。
		した。
		せん。
		せんでした。

‥‥‥‥敬體

動詞基本形	。
動詞連用形	た。

‥‥‥‥常體

名　詞	です。
代名詞	です。

敬體

名　詞	だ。
代名詞	だ。

常體

形容詞	です。
形容詞く	ありません。

敬體

形容詞基本形	。
形容詞く	ない。

常體

語尾
形容動詞です 。

語尾
形容動詞で ありません。

敬體

語尾
形容動詞だ 。

語尾
形容動詞で ない。

語尾

常體

簡化之説明

ます　體		
です　體	}	＝ 敬體
だ　　體		
基本形體	}	＝ 常體

(6) 目的地 へ行く｛バス / 電車 （開往 目的地 的｛公車 / 電車）

起點 から来る｛バス / 電車 （由 起點 開來的｛公車 / 電車）

起點 から来た｛バス / 電車 （由 起點 開來的那一班｛公車 / 電車）
只指那一班

起點 から来る人 （經常由某地來的人。）

起點 から来た人 （由某地來的人。〔來就暫時停留於此地〕）

(7) あそこにいる｛人 （在那裏的人。）/ 犬 （在那裏的狗。）
下接動物

あそこにある｛建物 （在那裏的建築物。）/ 自動車 （在那裏的汽車。）
下接非動物

〔關係用語〕

乗車　下車　乗換え　乗車券　定期券　バス券　目的地　途中下車

運転手さん　乗遅れる　切符　細かいお金　投入

〔練習問題〕

(一) 中文譯日文

⑴ 我家附近有公園。

⑵ 我家對面有超級市場。 (向_むかい) (スーパー)

⑶ 有很多人。

⑷ 有很多狗。

⑸ 有很多車子。 (車_{くるま})

⑹ 有男人，也有女人。

⑺ 有大人，也有小孩子。

⑻ 這些人都是我的朋友。

⑼ 那些人都是這個學校的學生。 (あの人達_{ひとたち})

⑽ 老師來了。

⑾ 客人來了。

⑿ 車子停了。

⒀ 雨停了。 (止_やむ)

⒁ 下車的人，先下了。

⒂ 上車的人，後上了。

⒃ 這些人都是要上班的人。 (会社_{かいしゃ}へ行_いく人達_{ひとたち})

⒄ 在那裏的人是誰？

⒅ 在那裏的建築物是什麼？

⒆ 他是哪裏來的人？

⒇ 那班公車是哪裏開來的公車？

(二) 填充

⑴ あのバスは （　　　　） へ行くバスですか。

⑵ あの電車は （　　　　） から来た電車ですか。

⑶ バスが （　　　　） に止まりました。

(4) 電車が（　　　）に止まりました。

(5) 小谷さんは（　　　）から来た人です。

(6) 駅で電車（　　　）乗ります。

(7) 学校の近くでバス（　　　）降ります。

(8) あそこに（　　　）人は誰ですか。

(9) あそこに（　　　）車は誰のですか。

(10) 毎日、バスで学校（　　　）行きます。

(11) 5時に会社（　　　）出ます。

(12) 7時50分に会社（　　　）入ります。

(13) 学校の（　　　）に公園があります。

(14) 日本へ（　　　）人は飛行機に乗ります。

(15) 毎朝早くうち（　　　）出ます。

デパートには 名詞 や 名詞 や 名詞
等があります。

ここはデパートです。

デパートには、色色な物があります。

1階には、化粧品やネックレスやイヤリング等があります。

2階には、女物があります。ワンピースやスーツ等があります。

3階には、男の洋服やネクタイやワイシャツ等があります。

本屋は7階にあります。

本屋には、色色な本があります。

日本語の教科書や小説や雑誌等があります。子供の絵本もあります。

厚いのも薄いのもあります。厚いのは1冊千元ぐらいで、薄いのは1冊300元ぐらいです。

私はよくそこへ本を買いに行きます。お金のない時はただ立ち読みをする事もあります。

お中の空いた時には、地下街に降ります。そこには、色色な食べ物屋と飲み物屋があります。又、スーパーマーケットもそこにあります。肉や野菜や缶詰などが沢山並べてあります。

私はデパートへ行くのが好きです。そこは広くて涼しくて賑やかだからです。

這裏是百貨公司。
百貨公司裏有各種商品。
在1樓處有化粧品、項鍊、耳環等。
在2樓處有女用商品。有套裝、洋裝等。
在3樓有男人西裝，領帶、白襯衫等。
書店在7樓。
書店裏有各種書。
有日語之教科書，小説以及雜誌等。也有小孩子的畫本。

有厚的書、薄的書。厚的書1本是大約1千元，而薄的書1本是大約3百元。我常常去那裏買書。没帶錢的時候，有時候只是站著讀而不買。
肚子餓的時候就下地下樓。那裏有各種飲食店。又，超級市場也在那裏。陳列著很多肉類、蔬菜以及罐頭等。
我很喜歡去百貨公司。因爲那裏又廣濶又涼快又熱鬧。

〔文型〕ぶんけい

(1) 地點 には 東西 があります。 （在 地 有 物 。）

公園には木や花が沢山あります。

学校には教室が沢山あります。

(2) 物 や 物 や 物 など等があります。（有 物 和 物 和 物 等等。）

※東西的種類多時用此句型。

例： 教室には机や椅子や黒板等があります。

スーパーには食べ物や飲み物や日常品にちじょうひん等があります。

物 と 物 と 物 があります。

※東西的種類只有幾項時用此句型。

例： 机の上には時計と本立ほんたてとカレンダーがあります。

季節きせつには春はると夏なつと秋あきと冬ふゆがあります。

物 も 物 も 物 もあります。

已經説過「有 物 和 物 和 物 。」之後，又要補充

説「也有 物 和 物 。」可以説：

物 も 物 も 物 もあります。

例：机の上には時計と本立（ほんたて）とカレンダーがあります。

灰皿（はいざら）も算盤（そろばん）も文鎮（ぶんちん）もあります。 （也有煙灰缸、算盤、鎮紙。）

⑶ 用言 のは……。

所謂「用言」係「會活用的語言」之意。「活用」係「語尾之變化」。

屬於「用言」者，有「動詞」、「形容詞」、「形容動詞」之3種。

「用言」之後之「の」，代替「體言」（名詞、代名詞）。

例：歩（ある）くのはいい運動（うんどう）です。 （走路是很好的運動。）

代替「事（こと）」

歩く事（こと）はいい運動です。

怒（おこ）るのは体（からだ）を壊（こわ）します。 （生氣損壞健康。）

怒る事（こと）は体を壊します。

大きいのはおいしくないです。 （大的並不好吃。）

大きい物（もの）はおいしくないです。

寒いのは嫌（きら）いです。 （氣候冷的地方不喜歡。）

寒い 所（ところ）
　　　日（ひ） は嫌いです。 （氣候冷的日子不喜歡。）

⑷ お中（なか）が空（す）いた。 （肚子餓了。）

お中の空いた時（とき）には、地下街に降ります。

　　　（肚子餓時就下去地下街。）

主語 が 用言 。

　　①動作之主體
　　②存在之主體

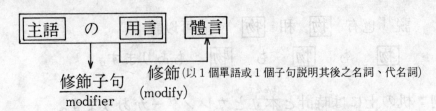

修飾子句
modifier
修飾 (以 1 個單語或 1 個子句説明其後之名詞、代名詞)
(modify)

〔説明〕 「が」表示前面之名詞是「整句」之主語。

「の」表示前面之名詞是「修飾子句」之主語。

例：(1) 雨が降る。 　　　　（會下雨。）

雨の降る 日は、運動をしない。 　　（下雨天不運動。）

(2) 日本語が出来る。 　　　（會日語。）

日本語の出来る 人は林さんです。
修飾 （會日語的人是林先生。）

(3) 花が咲く。 　　　　　（會開花。）

花の咲く 季節は春です。 　　（開花的季節是春天。）
修飾

(5) デパートが好きです。 　　　（喜歡百貨公司。）

デパートへ行くのが好きです。 　（喜歡去百貨公司。）

〔説明〕 「が」表示前面之單語是主語，亦爲「體言」。

所以「動詞」「形容詞」「形容動詞」不能當作「主語」，若這
些用言要作爲主語使用，必須加「の」在「が」之前。此時「
の」就是「代替體言」，正如前述（(3)項参照）。

運動が好きです。
運動するのが好きです。 }（喜歡運動。）

走るのが好きです。 　　（喜歡跑步。）

日本料理が好きです。
日本料理を食べるのが好きです。 }（喜歡吃日本料理。）

勉強が好きです。
勉強するのが好きです。 }（喜歡讀書。）

仕事が好きです。
仕事するのが好きです。 }（喜歡工作。）

〔關係用語〕

スプリングシャツ、（Ｔシャツ）　ランニングシャツ
スポーツウェア　ジョギングシューズ　靴下（くつした）　ソックス
ストッキング　インスタント食品（しょくひん）　レジ　ディスカウント
１割引（わりびき）　大安売り（おおやすうり）　バーゲンセール　発売中（はつばいちゅう）　売切れ（うりきれ）（品切れ（しなぎれ））
入荷（にゅうか）　目玉商品（めだましょうひん）　目玉が飛び出る（めだまとでる）

〔練習問題〕

(一)　中文譯日文

(1)　這裏是書店。（本屋（ほんや））

(2)　這裏是超級市場。（スーパー）

(3)　書店裏有各種書以及文具。

(4)　超級市場裏有各種日用品以及食物。

(5)　有日文的書以及英文的書以及中文之書。

(6)　有難的書以及容易之書。

(7)　有厚的書以及薄的書。

(8)　有襯衫以及短褲以及手帕等。

(9)　有肉以及蔬菜以及罐頭以及飲料等。

(10)　也有牛肉、豬肉以及魚等。

(11)　厚的書一本大約一千元，薄的書一本大約三百元。

(12)　我常常到中央書局去買書。

(13)　我常常到三民路之中友百貨公司去買書以及食品。

(14)　沒有錢時就少買一點。

(15)　沒有錢時就只站著看書。

(16)　肚子餓時就下去地下樓去吃東西。

(17)　地下樓陳列著各種食物。

⒅　我喜歡到書店以及百貨公司。

⒆　因爲那裏又涼快又很熱鬧。

⒇　因爲有很多自己想要的東西。（自分の欲しい物）

（二）　在（　　　）内塡入適當之助詞或副詞，用言等。

⑴　本屋（　　　）色々な本があります。

⑵　日本語の本（　　　）英語の本が並べてあります。

⑶　難しいのも易しい（　　　）あります。

⑷　ペンやノート（　　　）の文房具も並べてあります。

⑸　スーパー（　　　）色々な日用品や食べ物等があります。

⑹　厚い本は1冊千円（　　　）で、薄い本は1冊300円ぐらいで
　　す。

⑺　お金（　　　）ない時にはただ立ち読みをすることもあります。

⑻　3階には男の洋服やネクタイやワイシャツ（　　　）がありま
　　す。

⑼　私は（　　　）公園へ散歩に行きます。

⑽　私は（　　　）スーパーへ買物に行きます。

⑾　あまり公園へ散歩に行きませんが、公園へ散歩に行くこと（
　　　　　　　）。

⑿　私はデパートへ行く（　　　）好きです。

⒀　そこはきれいで涼しくて欲しい物が沢山ある（　　　）。

⒁　私は台中が好きです。気候がよくてにぎやか（　　　）。

⒂　本屋には色々な本が（　　　）あります。

⒃　スーパーには色々な日用品や食べ物が（　　　）あります。

⒄　魚や肉（　　　）も（　　　）あります。

⒅　男の洋服は4階に（　　　）あります。

⒆　高い（　　　）安い（　　　）あります。

⒇　（　　　）時には地下街へ降りて食べます。

他動詞 自動詞 ています。（動作正在進行）

今日は日曜日です。
今日は天気が悪いです。
朝から雨が降っています。風も吹いています。
今日は父も母も明雄も佳慧も皆うちにいます。
父は客間で新聞を読んでいます。
母は台所で家事をしています。
明雄さんは自分の部屋で勉強をしています。
佳慧さんも自分の部屋で何かをしています。多分本を読んでいるの
でしょう。
昼頃雨が止みました。母はスーパーへ買物に出かけました。
父は寝室で昼寝をしています。
明雄さんは外へ出る準備をしています。
佳慧さんは友達に電話を掛けています。

課文中譯

今天是禮拜天。
今天天氣不好。
從早上一直在下著雨。也颳著風。
今天父親、母親、明雄、佳慧都
在家裏。
父親在客廳看著報紙。
母親在廚房做著家事。
明雄在自己的房間讀書。

佳慧也在自己的房間做一些事。
可能在看書吧！
中午的時候雨停了。母親去超級
市場買東西。
父親在寢室睡午覺。
明雄準備要出去。
佳慧在打電話給朋友。

〔文型〕

(1) |自動詞| ています。

雨が降っています。

風が吹いています。

花が咲いています。

日が出ています。

〔註〕 自動詞係主語之動作不涉及他物者。他動詞係主語之動作涉
及他物者，亦即其動作須要受詞。

(2) |受詞| を |他動詞| ています。（「を」可譯爲「把」）

新聞を読んでいます。　　（正在看報紙。）

家事をしています。　　　（正在做家事。）

勉強をしています。　　　（正在讀書。）

何かをしています。　　　（正做著某些事。）

昼寝をしています。　　　（正在睡午覺。）

準備をしています。　　　（正在做準備。）

※新聞を読んでから、仕事をします。

　　　　（把報紙看完之後纔開始工作。）

勉強をしてから、テレビを見ます。

　　　　（把功課做完之後纔看電視。）

電話を掛けています。　　（正在打電話。）

(3) |時間| から |動詞| ています。

從 |時候| 一直在做 |動作| 。

例：① 去年８月から日本語の勉強をしています。

　　② 今朝７時から出かけています。

③　この建物は 200 年前から建っています。

④　日曜日は午前８時から１２時まで運動をしています。

⑤　大学を卒業した時からこの会社に入っています。

(4)　動作場所　で　受詞　を　他動詞　ています。

部屋で新聞を読んでいます。　　（正在房間看報紙。）

客間でお客さんと話をしています。

ロビーで友達を待っています。

庭で散歩をしています。

スーパーで買物をしています。

学校の運動場で運動をしています。

台所で料理を作っています。

庭で掃除をしています。

存在場所　に　自動詞　ます。

部屋にいます。　　　（在房間裏。）

客間にいます。

ロビーにいます。　　（在大廳。）

庭にいます。

スーパーにいます。

学校の運動場にいます。

台所にいます。　　　（在廚房。）

庭にいます。

(5)　多分……………でしょう。

可能……………罷！

明日も多分暑いでしょう。

明日も多分雨は降らないでしょう。

今度の試験は多分難しいでしょう。

多分戦争は起こらないでしょう。
せんそう　お

多分試験に受かるでしょう。

多分分かるでしょう。　（可能會懂罷！）
たぶんわ

(6)　目的地　へ　目的動作　に出かけました。

　　（到　目的地　去做　事　。）

町へ散歩に｛出かけました。／行きました。｝　（上街去散步。）

スーパーへ買物に｛出かけました。／行きました。｝　（去超級市場買東西。）

学校へ運動に｛出かけました。／行きました。｝　（去學校運動。）

(7)　什麼時候會成「題目語　は　主語　が　述語」之句型？
　　　　　　　　　　　　‖　　　　‖　　　　‖
　　　　　　待説明之名詞　動作之主體　敍述題目語之動詞
　　　　　　或代名詞。　　　　　　　　或名詞或形容詞、
　　　　　　　　　　　　　　　　　　　形容動詞。

例：若題目語是時間，如：今日、今朝、明日之類，説明它的話若
　　是「句子」時，即用「　主語　が　述語　」，説明它的話
　　若只是一個單語而已，則不會出現「が」。

今日は 晴です。　　　　　　　　（今天是晴天。）

（述語是　名詞　）

火曜日です。　　　　　　（今天是星期二。）

（述語是　名詞　）

暑いです。　　　　　　　（今天很熱。）

（述語是　形容詞　）

賑やかです。　　　　　（今天很熱鬧。）

（述語是　形容動詞　）

雨が降っています。　　（今天下著雨。）

（述語是　主語　が　動詞　）

仕事があります。　　　（今天有工作。）

（述語是　主語　が　動詞　）

病気が治りました。　　（今天病好了。）

（述語是　主語　が　動詞　）

若題目語是人稱代名詞，如：私、あなた、彼、彼女等。

私は 先生です。　　　　　　　　（我是老師。）

（述語是　名詞　）

学生です。　　　　　　　（我是學生。）

（述語是　名詞　）

台中の人です。　　　　　（我是台中人。）

（述語是　名詞　）

台湾人です。　　　　　　（我是台灣人。）

（述語是　名詞　）

低いです。　　　　　　　（我矮。）

（述語是　形容詞　）

小さいです。　　　　　　（我小。）

（述語是　形容詞　）

朗_{ほが}らかです。　　　　（我明朗。）

（述語是　形容動詞　）

背_{せい}が低いです。　　（我個子矮。）

（述語是　主語　が　形容詞　）

運動が好きです。　　（我喜歡運動。）

（述語是　主語　が　形容動詞　）

子供があります。　　（我有孩子。）

（述語是　主語　が　動詞　）

若<u>題目語</u>是普通的東西，如：本_{ほん}、時計_{とけい}、机_{つくえ}、椅子_{いす}等。

この本は　日本語の本です。　　（這本書是日語的書。）

（述語是　名詞　）

安_{やす}いです。　　（這本書便宜。）

（述語是　形容詞　）

高_{たか}いです。　　（這本書貴。）

（述語是　形容詞　）

大切_{たいせつ}です。　　（這本書很重要。）

（述語是　形容動詞　）

印刷_{いんさつ}が　綺麗です。（這本書印刷漂亮。）

（述語是　主　が　形容動詞　）

はっきりしています。（這本書印刷很清楚。）

（述語是　主　が　動詞　）

値段_{ねだん}が高いです。　　（這本書價錢貴。）

（述語是　主　が　形容詞　）

月曜日　火曜日　水曜日　木曜日　金曜日　土曜日　週末　週日

天気予報　暴風雨　嵐　晴　曇　雨　小雨　大雨　夕立　俄雨

宿題　予習　復習　試験　レポート　朝刊　夕刊　雑誌　絵本

寝室　ロビー(lobby)　電話を貰う　電話を入れる　他人の部屋

デパート　小売店　量販店　朝寝坊　夜更かし　雪　地震

〔練習問題〕

(一)　中文譯日文

(1)　今天天氣不好。

(2)　今天天氣很好。

(3)　從早上一直在下雨。

(4)　從早上一直照著太陽。（日が出る）

(5)　從早上一直颳著風。　（風が吹く）

(6)　從去年7月一直在唸日語。

(7)　從上午8時一直在看報紙。

(8)　今天大家都在家裏。　（皆）

(9)　今天父親和母親都在家。

(10)　哥哥和姐姐也在家。

(11)　父親在客廳看著報紙。

(12)　母親在厨房做著家事。

(13)　哥哥在自己的房間做功課。

(14)　姐姐在自己的房間打字。　（タイプを打つ）

(15)　弟弟在庭院玩。

(16)　二郎在運動場打棒球。（野球をする）

(17)　太郎在那裏做什麼事？

⑱　可能在看著書罷！

⑲　可能明天也是好天氣吧！

⑳　父親準備要出門。

㉑　姐姐正打電話給朋友。

㉒　哥哥在寢室睡午覺。

(二)　填充

⑴　去年（　　　　）日本語を勉強しています。

⑵　今日は父も母（　　　　）みんなうちにいます。

⑶　父は客間（　　　　）新聞を読んでいます。

⑷　父は客間（　　　　）います。

⑸　皆、部屋の中（　　　　）話をしています。

⑹　皆、部屋の中（　　　　）います。

⑺　明雄さんは自分の部屋で（　　　　）をしています。

⑻　佳慧さんは客間で何（　　　　）をしています。

⑼　多分本を読んでいるの（　　　　）。

⑽　昨日から降っていた雨が（　　　　）ました。

⑾　風も（　　　　）ました。

⑿　母はスーパーへ買物（　　　　）出かけました。

⒀　父は会社へ（　　　　）準備をしています。

⒁　兄は外へ（　　　　）準備をしています。

⒂　啓文さんは友達（　　　　）電話を掛けています。

⒃　正午12時半から1時半まで（　　　　）をします。

⒄　母は台所で（　　　　）をしています。

⒅　明雄は学校へ（　　　　）準備をしています。

⒆　明日も多分（　　　　）でしょう。

⒇　母は毎朝買物（　　　　）出かけます。

持っています。

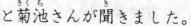

「顔さん、時計を持っていますか。」

「はい、持っています。」

と顔さんは答えました。

「顔さんの時計は合っていますか。」

と菊池さんが聞きました。

「多分合っているでしょう。菊池さんの時計は今何時ですか。」

と顔さんは答えて、聞きました。

「私の時計は合っていません。今１０時２０分ですが………。
１週間に１分ぐらい遅れます。」

と菊池さんは答えました。

「学校の時計は今１０時２５分です。学校の時計はちょっと進んで
いますね。」

と顔さんが言いました。

「そうですね。」

と菊池さんが答えました。

課文中譯

「顔先生，你有手錶嗎？」

「是！我有。」

顏先生這樣回答啦。

「顏先生的手錶準嗎？」

菊池先生這樣問啦。

「我想是準的。菊池先生的手錶
現在幾點鐘？」

顏先生回答之後，這樣問啦。

「我的錶不準，我的錶現在是10

點20分，我的錶每一禮拜會慢大約
1分鐘。」

菊池先生這樣回答。

「學校的鐘現在是10點25分。學
校的鐘好像快了一點啦。」

顏先生這樣說啦。

「是啊！」

菊池先生這樣回答了。

[文型]

(1)　………を持っています。

$\left.\begin{array}{l}①持\\擁\end{array}\right\}$有………。

②　拿著………。

例：①　土地を持っています。　　（有土地。）
　　　　家を持っています。　　　（有房屋。）
　　　　お金を持っています。　　（有錢。）
　　　　家族を持っています。　　（有家眷。）
　　　　時計を持っています。　　（有戴著錶。）

②　手にペンを持っています。　　（手裏拿著筆。）
　　手に傘を持っています。　　　（手裏拿著傘。）
　　手に剣を持っています。　　　（手裏拿著劍。）

(2)　………と答えました。　　（這樣回答了。）

引用「回答」之内容。

「はい」と答えました。　　（回答説「是」。）

「いいえ」と答えました。　（回答説「不」。）

………と言いました。　　（這樣説了。）

「行って参ります。」と言いました。　　（説「我要去了。」）

「只今」と言いました。　　（説「我回來了。）

………と聞きました。　　（這樣問了。）

「どう行きますか。」と聞きました。　　（我問説「怎樣去？」）

「どう書きますか。」と聞きました。　　（我問説「怎樣寫？」）

(3)　合っていますか。　　對嗎？
　　　　　　　　　　　　　準嗎？

この答は合っていますか。　　　　（這個答案對不對？）

この数字は合っていますか。　　　（這個數字對不對？）

この時計は合っていますか。　　　（這個時鐘準不準？）

あなたの時計は合っていますか。　（你的錶準不準？）

私の考えは合っていますか。　　　（我的想法對不對？）

(4) 遅れ $\begin{cases} る。 \\ ます。 \end{cases}$ ＝會 $\begin{cases} 遲到。 \\ 落後。 \end{cases}$

遅れてい $\begin{cases} る。 \\ ます。 \end{cases}$ ＝已經 $\begin{cases} 慢了。 \\ 落後了。 \end{cases}$

私の時計は $\begin{cases} 1週間に1分遅れます。 \\ \quad（我的錶每一週會慢一分鐘。）\\ 遅れています。　　（我的錶慢了。）\end{cases}$

早く行かないと遅れます。　　（不趕快去的話，會遲到。）

努力しないと人に遅れます。　　（不努力的話會落在別人後面。）

台湾の工業は日本に比べると遅れています。

　　　（台灣的工業，若與日本比較的話，落後。）

(5) 進 $\begin{cases} む。 \\ みます。 \end{cases}$ 　　（要前進；會快）

この時計は1週間に1分進みます。

　　（這個 $\begin{cases} 鐘 \\ 錶 \end{cases}$ 每一星期會快一分鐘。）

授業は1週間に1課進みます。　（課每一週要前進一課。）

進んでい $\begin{cases} る。 \\ ます。 \end{cases}$ 　　（前進的、進步的、快）

この時計は進んでいます。　（這個 $\begin{cases} 鐘 \\ 錶 \end{cases}$ 快。）

日本の工業は進んでいます。　　（日本的工業是進步的。）

(6)

名　詞
形容詞

ですが、……。
　　　　〰

　　　　接續助詞，表示委婉的語氣。

| 動　詞 | ますが、………。

例：　私は台湾から来た者ですが、この近くに台湾の留学生が住
んでいますか。

　　　（我是由台灣來的，這附近有沒有台灣的留學生住著？）
　　　この靴はちょっと大きいですが、もっと小さいのはありま
せんか。

　　　（這雙鞋有一點大，有沒有小一點的？）

〔關係用語〕

腕時計　ワッチ　振子時計　電気時計　目醒まし　長い針

短い針　秒針　1分1秒　時間　時

〔練習問題〕

(一) 中文譯日文

(1) 你有衛生紙嗎？（tissue paper ティッシュペーパー）

(2) 你有戴手錶嗎？

(3) 你的錶準不準？

(4) 學校的鐘快一點。

(5) 學校的鐘快三分鐘。

(6) 學校的鐘慢一點。

(7) 學校的鐘慢五分鐘。

(8) 我問説：「你的錶現在幾點？」

(9) 他回答説：「我的錶現在５點１５分。」

(10) 我的錶每一週會慢兩分鐘。

(11) 我的錶每一週會快五分鐘。

(12) 你的錶好像快一點啊！

(13) 你的錶好像慢一點啊！

(14) 我什麼都沒有。（持っていません。）

(15) 我有三本辭典。（三冊、辞書）

(二) 塡充

(1) 時計（　　　）持っていますか。

(2) 私は辞書を３冊（　　　）います。

(3) 顔さんは「はい」（　　　）答えました。

(4) 菊池先生は「今何時ですか。」と（　　　）ました。

(5) この時計は（　　　）いますか。

(6) （　　　）合っているでしょう。

(7) この時計は１週間（　　　）２分進みます。

(8) この時計は１分（　　　）います。

⑼　この時計は（　　　）に２分遅れます。

⑽　「学校の時計は１分進んでいますね。」と顔さん（　　　）言いました。

⑾　「そうですね。」（　　　）菊池先生が答えました。

⑿　明日も多分暑い（　　　）。

⒀　私の時計は１分（　　　）います。
慢

⒁　私の時計は１分（　　　）います。
快

⒂　学校の時計は３分（　　　）進んでいます。

⒃　この時計は多分（　　　）いるでしょう。
準

第 **5** 課

| 動詞 | なさい。 （命令之説法）
| 動詞 | て下さい。 （請求之説法）

先生が来ました。教室に入りました。
「起立。」
「礼。」
「着席。」
と級長が言いました。
「皆さん、お掛けなさい。」
と先生が言いました。
「皆さん、昨日の宿題をやりましたか。」
と先生が聞きました。
「では、皆さん、宿題を出して下さい。」
と先生が命令しました。
級長は皆の宿題を集めて、先生に渡しました。
先生は1枚1枚見てから、
「点数をつけて明日皆さんに返します。」と言いました。

― 課文中譯 ―

老師來了。進來教室了。
「起立！」
「敬禮！」
「坐下！」
班長這麼喊了。
「你們坐下！」
老師這麼説了。
「你們，昨天的作業做了嗎？」

老師這麼問了。
「那麼，你們請把作業交出來！」
老師這樣命令了。
班長蒐集大家的作業之後交給老師了。
老師一張一張看了之後説：「記上分數之後，明天還給你們！」

—29—

〔文型〕

(1) 主語 が来ました。（ 主語 來了。）

夏が来ました。　　　　（夏天到了。）

バスが来ました。　　　（公車來了。）

友達が来ました。　　　（朋友來了。）

機会が来ました。　　　（機會來了。）

幸運が来ました。　　　（好運來了。）

手紙が来ました。　　　（信來了。）

通知が来ました。　　　（通知來了。）

(2) 進入的地方 に入りました。（進入 地方 了。）

学校に入りました。　　（進入學校了。）

会社に入りました。　　（進入公司了。）

部屋に入りました。　　（進入房間了。）

社会に入りました。　　（進入社會了。）

(3) 被做之事 をや る。

りました。　　（做了 事 了。）

宿題をやりました。　　（做了作業了。）

野球をやりました。　　（打了棒球了。）

剣道をやりました。　　（打了劍道了。）

柔道をやりました。　　（摔了柔道了。）

唐手をやりました。　　（練了國術了。）

縄飛びをやりました。　（跳了繩子了。）

水泳をやりました。　　（游泳了。）

マラソンをやりました。（跑了長跑了。）

仕事をやりました。　　（做了工作了。）

運動をやりました。　　　（做了運動了。）

試験をやりました。　　　（給學生考試了。）

事業をやりました。　　　（做了事業了。）

(4)　┌交出之物┐を出┌す。
　　　└伸出──┘　　├しました。
　　　　　　　　　　└して下さい。

　　金を出┌す。　　　　　　（要拿錢出來。）
　　　　　├しました。　　　（拿錢出來了。）
　　　　　└して下さい。　　（請拿錢出來！）

　　レポートを出┌す。　　　（要交報告。）
　　(report)　　├しました。　（交了報告了。）
　　　　　　　　└して下さい。（請交報告！）

　　力を出┌す。　　　　　　（要出力。）
　　　　　├しました。　　　（出了力了。）
　　　　　└して下さい。　　（請出力！）

　　手を出┌す。　　　　　　（要伸手出來。）
　　　　　├しました。　　　（伸出手了。）
　　　　　└して下さい。　　（請把手伸出來！）

(5)　掛け┌る。　　　（①要坐在椅子上。　②要懸掛。
　　　　　│　　　　　　③要給別人加添麻煩。）
　　　　　├ます。
　　　　　├て下さい。（①請坐。　②請懸掛。）
　　　　　└なさい。　（①坐下罷！　②懸掛罷！）

　　どうぞ椅子に┌掛けて┐下さい。（請坐在椅子上。）
　　　　　　　　└お掛け┘　　　（請坐在椅子上。）（比較客氣）

— 31 —

椅子に｛掛けなさい。　（坐在椅子上罷！）　（命令之口氣）

｛お掛けなさい。　（坐在椅子上罷！）　（比較客氣之命令）

服は服掛けに｛掛けて｝下さい。　（衣服請懸掛在衣架上。）

｛お掛け｝

人に迷惑を掛け｛ます。　　（給人加添麻煩。）

｛てはいけません。　　（不要給人加添麻煩！）

日本へ行った時、彼に迷惑を掛けました。

　　　（去日本時，給他加添麻煩了。）

(6)　集め｛る。　　　（要蒐集。）

｛ます。　　（要蒐集。）　（敬體）

｛て……　　（蒐集～之後做……。）

お金を集める。　　（收集金錢。）

友達を集め｛る。

｛てパーティーを開きます。　（邀請朋友來開宴會。）

ごみ車はごみを集め｛る。

｛て焼却炉へ運んで行きます。

　　　（垃圾車到處收集垃圾之後運去焚化爐。）

(7)　[對象]　に渡｛す。

｛しました。　　（交給　[對象]　了。）

所得税申告書を税務署に渡しました。

　　　（所得税申報書交給税捐處了。）

レポートを先生に渡しました。　　（報告交給老師了。）

荷物を預かり所に渡しました。　　（把行李交給保管處了。）

部屋の鍵をフロントに渡しました。　（把房間的鑰匙交給櫃台了。）

貯金通帳とお金を窓口の銀行員に渡しました。

　　　（把銀行儲蓄薄和現金交給窗口之職員了。）

(8) ………をつけ┤る。　　　①記分數。②塗上油。

　　　　　　　　　　　　　③開電燈、冷氣、電視等。④加添。

　　　　　　　　て、　　　①記分數之後。②塗上油之後。③開電

　　　　　　　　　　　　　燈、冷氣、電視等之後。④加添…之後。

宿題┤に点数をつけ┤る。

試験┤　　　　　　　て学生に返します。

　　　（作業┤
　　　　　　　〉記上分數之後還給學生。）
　　　　考試

髪の毛にポマードをつけ┤る

　　　　（pomade）　　　　て櫛で梳きます。

（在頭髪上擦上髪油之後，用梳子梳。）

電灯をつけ┤る。

　　　　　　　て勉強をします。　　　（開燈之後做功課。）

クーラーをつけ┤る。

（cooler）　　　　て本を読みます。　　　（開冷氣之後看書。）

テレビをつけ┤る。

（television）　　　て見ます。　　　（開電視觀看。）

元気をつけ┤る。

　　　　　　　て、又、練習をします。

　　　（補上營養┤
　　　　　　　　　之後，再加緊練習。）
　　　　休息

栄養を摂って元気をつけ┤る。

　　　　　　　　　　　　ます。　　　（攝取營養，補充體力。）

気をつけ┤る。

　　　　　て運転します。　　　（小心駕駛。）

　　　　　て行って下さい。　　　（請小心走路。）

胸に勲章をつける。　　　（胸前佩戴勲章。）

－33－

ネクタイをつけ｛る。　　　（結領帶。）

｛ています。　　　（結著領帶。）

(necktie)

印｛をつける。　　　　　（做記號。）

｛がつけてあります。　　（有做著記號。）

番号｛をつける。　　　　（要記上號碼。）

｛がつけてあります。　　（有記上號碼。）

(9)　返｛す。

｛します。　　　（要還。）

図書館に借りた本を図書館に返します。

　　　（向圖書館所借的書，要還給圖書館。）

お金｛を返して下さい。　　　　　　　　　　錢！

ペン｛　　　　　　　　　請還給我｛筆！

本　｛　　　　　　　　　　　　　　　　　　書！

借りた物は返さなければなりません。（借來的東西必須要還。）

借りる時の恵比須顔、返す時の閻魔顔。

　　　（借時笑嘻嘻，還時怒顔相對。）

〔關係用語〕

教室を出る　大学に入る　大学を出｛る。

｛ました。

号令を掛ける。（喊口令）　座る　座席　満席　組長　班長　学長

校長　所長　院長　1つ1つ｛見る。　　　1人1人｛見る。

｛調べる。　　　　　　｛聞く。

〔練習問題〕

(一) 中文譯日文

(1) 老師來了。

(2) 公車來了。

(3) 計程車來了。

(4) 客人來了。（お客さん）

(5) 坐下來吧！

(6) 請坐下！

(7) 「起立」老師這麼說了。

(8) 你有做作業了嗎？

(9) 老師進來教室了。

(10) 請把作業交出來！

(11) 「班長，請收集作業！」老師這麼說了。

(12) 班長把作業收集了之後交給老師了。

(13) 請一個一個進來！

(14) 明天還給你。

(15) 請明天還給我。

(16) 請開電燈！

(17) 老師！請記上分數。

(二) 填充

(1) バス（　　　）来ました。

(2) 先生が教室（　　　）入りました。

(3) 「宿題を出して下さい。」（　　　）先生が言いました。

(4) 先生は宿題を学生に（　　　）ました。

(5) 点数を（　　　）て下さい。

(6) 昨日の宿題を皆さんに（　　　）ます。

⑺　級長は学生達の宿題を〔　　　〕ました。

⑻　級長は集めた宿題を先生に〔　　　〕ました。

⑼　昨日借りた本を〔　　　〕て下さい。

⑽　先生は学生に〔　　　〕しました。

第 6 課

……が出来る。　（能……，會……）

ここは日本語学校です。

このクラスには学生が２０人います。

男の学生も女の学生もいます。

アジアの学生もアメリカの学生もいます。

このクラスでよく出来る学生は、台湾から来た顔さんとアメリカから来たジョンさんです。

顔さんは運動もよく出来るし、勉強もよく出来ます。

ジョンさんも同じように、両方とも、よく出来ます。

その外に、陳さんや呉さんや黄さんなど台湾から来た学生がいます。

陳さんは勉強は出来るが、運動は出来ません。

呉さんは英語は出来るが、日本語は出来ません。

日本語のよく出来る人は顔さんと陳さんとジョンさんです。

このクラスの学生は皆大変真面目です。

課文中譯

這裏是日語學校。

在這一班裏有20個學生。

有男學生，也有女學生。

有亞洲的學生，也有美國的學生。

在這一班功課好的學生是由台灣來的顏先生和由美國來的約翰先生。

顏先生也會運動，也會讀書。

約翰先生也同樣地，兩方面都很會。

此外，還有由台灣來的陳先生、吳先生、黃先生等之學生。

陳先生雖然會讀書，但是不會運動。

吳先生雖然會英文，但不會日語。

日語很會的人是顏先生和陳先生和約翰先生。

這一班之學生都很認眞。

〔文型〕

(1) 　│場所│　には　│動物│　がいます。（在 │地方│ 有 │動物│ 。）

教室には学生がいます。

町には人が大勢います。

　│場所│　には　│東西│　があります。（在 │地方│ 有 │東西│。）

教室には机が沢山あります。

町には建物が沢山あります。

(2) 　│場所│　から来た │人物│ です。（是由 │地方│ 來的 │人物│ 。）

太田さんは日本から来た人です。

この薬は大陸から来た物です。

(3) ………がよく出来 { る。 / ます。　　（很會………。）

林茂源さんは日本語がよく出来ます。（林茂源先生很會日語。）

林達澤さんは剣道がよく出来ます。（林達澤先生很會打劍道。）

(4) ………は出来るが、〜は出来 { ない。 / ません。　（雖然會……,但不會〜。）

①接續助詞。②表示逆接。③必須加讀點（、）。

張さんは剣道は出来るが、柔道は出来ません。

（張先生雖然會劍道,但是不會柔道。）

林さんは水泳は出来るが、剣道は出来ません。

（林先生雖然會游泳,但是不會劍道。）

先生は剣道は出来るが、ダンスは出来ません。

(5)　………も出来るし、〜も出来 { る。
　　　　　　　　　　　　　　　　ます。　　（既會……，又會〜。）

先生は剣道も出来るし、水泳も出来ます。

　　（老師既會打劍道，又會游泳。）

劉<ruby>劉<rt>りゅう</rt></ruby>さんは勉強も出来るし、ダンスも出来ます。

(6)　………も同じように　　（………也同樣地）

①　台北はいつも<ruby>交通<rt>こうつう</rt></ruby>が<ruby>渋滞<rt>じゅうたい</rt></ruby>します。（台北經常交通會堵塞。）

　　台中も同じようにいつも交通が渋滞します。

　　　　（台中也同樣地經常堵塞。）

　　しかし、<ruby>高雄<rt>たかお</rt></ruby>はそんな<ruby>事<rt>こと</rt></ruby>はありません。

　　　　（可是，高雄不會有這種事。）

②　日本は世界でも字の読めない人が一番少ない国です。

　　　　（日本在世界上來説，是看不懂字的人最少的國家。）

　　台湾も同じように世界でも字の読めない人が一番少ない国です。

　　　　（台灣也是在世界上來説，看不懂字的人，最少的國家。）

　　昨日は大変暑かったです。

　　今日も同じように大変暑いです。（今天也同樣地很熱。）

〔**關係用語**〕

<ruby>上手<rt>じょうず</rt></ruby>だ　<ruby>下手<rt>へた</rt></ruby>だ　よく出来る　あまり出来ない　<ruby>真面目<rt>まじめ</rt></ruby>です
<ruby>正直<rt>しょうじき</rt></ruby>です　<ruby>勤勉<rt>きんべん</rt></ruby>です　<ruby>誠実<rt>せいじつ</rt></ruby>です　から<ruby>来<rt>く</rt></ruby>る　へ行く

〔練習問題〕

(一) 中文譯日文

(1) 這裏是教室。

(2) 在這間教室來說，最會讀書的人是林先生。

(3) 林先生既很會讀書，又很會運動。

(4) 陳先生也很會讀書，但是不太會運動。

(5) 楊小姐雖然很認眞，但是成績不太好。

(6) 黃先生也同樣地很認眞，但是成績不太好。

(7) 在這一班來說，功課最好的人是林先生和張先生。

(8) 張先生是由彰化來的學生。

(9) 楊小姐是由霧峯來的學生。

(10) 林先生又會劍道又會柔道。

(11) 黃先生雖然數學很會，但是不太會英語。

(12) 顏小姐工作也很認眞，讀書也很認眞。

(13) 張先生也同樣地兩邊都認眞。（両方とも）

(14) 這一班的學生都是很認眞的學生。

(15) 這一班一共有二十名學生。

(16) 大部份都住在台中市，但是有一部份由外地來的。（殆<ruby>んど<rt>ほと</rt></ruby>、<ruby>外地<rt>がいち</rt></ruby>から来た）

(二) 塡充

(1) このクラス（　　　）学生が２０人います。

(2) 男の学生も女の学生（　　　）います。

(3) このクラス（　　　）よく出来る学生は林さんと張さんです。

(4) 林さんは英語も出来る（　　　）、日本語もよく出来ます。

(5) 張さんも（　　　）英語も出来るし、日本語も出来ます。

(6) 楊さんは霧峯<ruby>（　　　）<rt>むほう</rt></ruby>来た学生です。

-40-

(7) 黄さんは数学<ruby>はよく出来る（　　　　）、日本語はあまり出来ません。

(8) しかし、顔さんは数学も日本語も（　　　　）上手です。

（兩邊都）

(9) 英語のよく（　　　　）人は張さんです。

(10) 林さんも張さんの（　　　　）英語がよく出来ます。

-41-

① 自動詞 ています。
② 他動詞 てあります。

（狀態之兩種説法）

　ここは明雄さんの部屋です。

　日がよく当たって明るくて綺麗な部屋です。

　ベッドが壁の側に置いてあります。その側に机と椅子が１つずつ置いてあります。机の上に目醒まし時計や卓上カレンダーや本立などが並んでいます。

　壁には紙が張ってあります。その紙には時間表が書いてあります。机の下には丸いごみ箱が１つあります。その中には紙屑が沢山入っています。

　壁の隅には箪笥があります。箪笥の中にはハンガーが沢山掛かっています。ハンガーには服やシャツなどが掛けてあります。箪笥の下の引き出しにも沢山服がしまってあります。

課文中譯

　　這裏是明雄先生的房間。

　　陽光充分地照射進來，光亮的，且是乾淨的房間。

　　牀放在牆壁之旁邊。在它的旁邊放著桌子和椅子各有一張。在桌子上放著鬧鐘，桌上日曆以及書架。

　　牆壁上有貼著紙。在那張紙上寫著時間表。

　　在桌子下面有一個圓筒狀之垃圾筒。在那裏面放著很多紙屑。

　　牆壁之角落有衣櫥。在衣櫥裏面懸掛著很多衣架。在衣架上懸掛著衣服以及襯衫等。衣櫥下面之抽屜裏也收放著很多衣服。

〔文型〕

(1) 当た┌る。　　┌照射到。
　　　│ります。　│碰到。
　　　└って、　　└猜中。

　　　日　┌が当たる。　（陽光能照射到。）
　　　籤　│　　　　　　（抽籤抽到。）
　　　ボール┘　　　　　（球碰到。）

　　　当たって　　（照射到，而……）
　　　～～～
　　　連用形而

　　　促音便　　　（「り」變爲「っ」）

(2) 明る┌い
　　　　│　　　　（光亮，而……）
　　　　└くて

　　　形容詞之連用形

(3) 接續助詞「て」之用法。

　　[A]　動詞　て　動詞

　　（a）現在進行形
　　　　勉強しています。　（正在讀書。）
　　　　～～
　　　　動詞　動詞
　　　　本を読んでいます。（正在看書。）
　　　　　～～
　　　　　動詞　動詞
　　　　御飯を食べています。　（正在吃飯。）
　　　　　　　～～　～～
　　　　　　　動詞　動詞

－43－

(b) 狀態形

　　自動詞　ています。

水が流れています。　　（水流著。）
　　　　自動詞

服が掛かっています。　　（衣服懸掛著。）
　　　自動詞

橋が掛かっています。　　（架著橋。）
　　　自動詞

日が当たっています。　　（陽光照著。）
　　　自動詞

草が生えています。　　（長出草。）
　　　自動詞

花が咲いています。　　（花開著。）
　　　自動詞

　　他動詞　てあります。

服が掛けてあります。（衣服懸掛著。）

　　＝ 服が掛かっています。

橋が掛けてあります。（架著橋。）＝橋が掛かっています。
　　他動詞

水が入れてあります。（有放著水。）＝水が入っています。
　　他動詞　　　　　　　　　　　　　　自動詞

椅子と机が並べてあります。（椅子和桌子排列著。）
　　　　　他動詞　　　　　　　＝ 椅子と机が並んでいます。
　　　　　　　　　　　　　　　　　　　　自動詞

隅にベッドが置いてあります。　（角落處放著牀舖。）

— 44 —

(c)　動作完了之後接著做另一個動作。

　　　日記を書いて寝ました。（寫完了日記之後就寢了。）
　　　　　　動詞　動詞

　　　朝起きて歯を磨いて顔を洗って朝御飯を食べます。
　　　　　　　　　動詞　　　動詞　　　　　　動詞

(d)　移動之方法

　　　飛行機に乗って行きます。　　（坐飛機去。）
　　　　　　　　動詞　動詞

　　　船に乗って行きます。

　　　歩いて｛行きます。　　（要走路去。）
　　　　　　｛来ました。　　（走路來了。）

　　　走って｛行きます。　　（要跑步去。）
　　　　　　｛来ました。　　（跑步來了。）

[B]　　形容詞　て｛形容詞
　　　　　　　　　｛形容動詞
　　　　　　　　　｛動　詞

　　　この林檎は大きくておいしい。　　（這個蘋果又大又好吃。）
　　　　　　　　形容詞　　形容詞

　　　あの家は大きくて｛立派だ。　　（那幢房屋又大又豪華。）
　　　　　　形容詞　　　｛形容動詞

　　　　　　　　　　　　｛日がよく当たります。
　　　　　　　　　　　　｛　　　　　動詞

　　　　　　　　　　　　（那幢房屋很大，且陽光能充分照到。）

－45－

⑷ 壁に紙 を ｛ 張(は)る。
｛ 貼(は) ｛ る。　　　　　　　　｝　（要把紙貼在牆壁上。）
　　　　　　 ｛ ります。
　　　　　　 ｛ っています。　　　　（正在把紙貼在牆壁上。）
　　　　　　　　　　正在做……
　　　　　 が貼ってあります。　　（牆壁上有貼著紙。）
　　　 他動詞　狀態形

⑸ 屑籠(くずかご)に紙屑(かみくず)を入(い)れると
　　　　　　他動詞　　　　　　｝　把紙屑丟進紙屑籠，
　　 屑籠に紙屑が入(はい)る。　　　　　　紙屑就進去紙屑籠。
　　　　　　自動詞

※多數他動詞均可與相對應之自動詞組成如上一句話。

例： ｛ 川の上に橋を掛けると　　　　在河上架橋，
　　　 ｛ 川の上に橋が掛かる。　　　　（橋就會在河上架起來。）

　　　 ｛ 椅子を部屋の中に並べると
　　　 ｛ 椅子が部屋の中に並ぶ。

　　　 ｛ 水を出(だ)すと
　　　 ｛ 水が出(で)る。

　　　 ｛ 旗を立(た)てると　　　立旗子，
　　　 ｛ 旗が立つ。　　　　　（旗子就會立起來。）

　　　 ｛ 電灯をつけると　　　開電燈，
　　　 ｛ 電灯がつく。　　　　（電燈就會亮。）

　　　 ｛ 電灯を消(け)すと　　關上電燈，
　　　 ｛ 電灯が消(き)える。　（電燈就會熄滅。）

　　　 ｛ 窓を開(あ)けると　　開窗，
　　　 ｛ 窓が開(あ)く。　　　（窗戶就會開。）

— 46 —

$\left\{\begin{array}{l}窓を締めると \\ 窓が締まる。\end{array}\right.$　$\left(\begin{array}{l}關上窗戶， \\ 窗戶就會關上。\end{array}\right)$

$\left\{\begin{array}{l}家を建てると \\ 家が建つ。\end{array}\right.$　$\left(\begin{array}{l}蓋房屋， \\ 房屋就蓋起來。\end{array}\right)$

$\left\{\begin{array}{l}家を壊すと \\ 家が壊れる。\end{array}\right.$　$\left(\begin{array}{l}拆掉房屋， \\ 房屋就會壞掉。\end{array}\right)$

$\left\{\begin{array}{l}紙を焼くと \\ 紙が焼ける。\end{array}\right.$

$\left\{\begin{array}{l}部屋を綺麗にすると \\ 部屋が綺麗になる。\end{array}\right.$

$\left\{\begin{array}{l}穴を大きくすると \\ 穴が大きくなる。\end{array}\right.$　$\left(\begin{array}{l}把洞弄大， \\ 洞就會大。\end{array}\right)$

$\left\{\begin{array}{l}体を丈夫にすると \\ 体が丈夫になる。\end{array}\right.$　$\left(\begin{array}{l}使身體強健， \\ 身體會變爲強健。\end{array}\right)$

$\left\{\begin{array}{l}髪を伸ばすと \\ 髪が伸びる。\end{array}\right.$　$\left(\begin{array}{l}留頭髮， \\ 頭髮就會長起來。\end{array}\right)$

$\left\{\begin{array}{l}体を縮めると \\ 体が縮まる。\end{array}\right.$　$\left(\begin{array}{l}縮身體， \\ 身體就會縮起來。\end{array}\right)$

$\left\{\begin{array}{l}お金を溜めると \\ お金が溜まる。\end{array}\right.$　$\left(\begin{array}{l}貯蓄金錢， \\ 金錢會多起來。\end{array}\right)$

$\left\{\begin{array}{l}お金を銀行に預けると \\ 銀行がお金を預かる。\end{array}\right.$　$\left(\begin{array}{l}把錢存放銀行， \\ 銀行就會保管金錢。\end{array}\right)$

(6)　………をしま $\left\{\begin{array}{l}う。 \\ います。\end{array}\right.$　（要把……收起來。）

本を鞄にしま $\left\{\begin{array}{l}う。 \\ います。\end{array}\right.$　（要把書收在書包裏。）

本は鞄にしまってあります。　（書有收在書包裏。）

― 47 ―

(7) 外來語

ベッド (bed) （牀舖）

ハンガー (hanger) （衣架）

カレンダー (calendar) （日暦）

シャツ (shirt) （襯衫）

(8) 1つずつ。　　（各有一個。）
　　　助詞

2人に1枚ずつ渡(わた)す。　　（給兩個人，每人1張。）

少しずつ読む。　　（每一次唸一點。）

1人ずつ入(はい)って来なさい。　　（每一次進來一個人。）

〔練習問題〕

(一)　中文譯日文

(1)　這個房間陽光能充分照射到。

(2)　那個教室陽光能充分照射到，且是光亮的教室。

(3)　房間的角落有放著衣櫥。

(4)　教室的角落有放著垃圾筒。（ごみ箱）

(5)　每天唸日語和英語各兩個小時。

(6)　房間裏放著椅子和桌子各有１個。

(7)　老師給學生考卷每人１張。（テストペーパー）（試験紙）

(8)　垃圾筒裏有放著很多垃圾。

(9)　衣架上掛著衣服、襯衫等。

(10)　抽屜裏放著很多東西。

(11)　這一張紙有寫時間表。

(12)　牆壁上貼著很多紙。

(13)　每張紙都寫著很多字。

(二)　塡充

(1)　この部屋は日がよく（　　　）明るいです。

(2)　この部屋は明（　　　）綺麗な部屋です。

(3)　机と椅子が１つ（　　　）置いてあります。

(4)　英語と日本語とを１時間（　　　）勉強します。

(5)　映画館の前に人が大勢（　　　）います。

(6)　教室の中に机が沢山（　　　）います。

(7)　教室の中に机が沢山（　　　）あります。

(8)　川の上に橋が（　　　）います。

(9)　川の上に橋が（　　　）あります。

(10)　瓶の中に水が（　　　）います。

⑾　瓶の中に水が（　　　）あります。

⑿　ハンガーには服が（　　　）います。

⒀　ハンガーには服が（　　　）あります。

⒁　引き出しの中には色色な物が（　　　）あります。

⒂　先生は本を鞄の中にしまって（　　　）。

⒃　寝る前に日記を（　　　）。

⒄　日記帳には沢山の事が（　　　）あります。

⒅　水を瓶の中に（　　　）。

⒆　水が瓶の中に（　　　）。

⒇　黒板にも学生のノート（　　　）字が沢山書いてあります。

走ります。ジョギングをします。

今朝はいつもより、早く起きました。
いつもは7時に起きますが、今朝は6時に起きたのです。
それで、近くの学校へジョギングに行きました。
学校のトラックは1周300メートルです。
多くの人が走るので、私は1番外のトラックを走ります。そのトラックは少し大きいので、1周350メートルか400メートルあるでしょう。10周すると3500メートルから4000メートルになるわけです。

　私は大抵10周走りますが、今朝は20周走りました。それで、7000メートルから8000メートル走ったわけです。
　ジョギングは水泳と同じように、大変体にいいです。それで、私はいつもこの2つの運動をしています。これからもずっと続けようと思っています。

課文中譯

　今天早上比往常早起了。
　平常是7點起牀，但是今天早上是6點起牀。
　所以到附近的學校去慢跑。
　學校的跑道（track）是1圈300公尺。
　很多人在跑步，所以我跑最外圍之跑道，那圈跑道，因爲稍微大一點，所以1圈應該有350公尺或400公尺吧！若跑10圈，等於跑了3,500公尺到4,000公尺。
　我通常跑10圈，但是今天早上跑了20圈，所以也就是等於跑了7,000公尺到8,000公尺了。
　慢跑宛如游泳，是對身體很好，所以我經常都在做這兩種運動，我想今後也要繼續做。

〔文型〕

(1)　いつも　　（經常）

副詞

常に
平生 ⎬ ＝ いつも　（always, usually）
普段

彼はいつも陽気だ。　　（他經常很明朗。）

(He is always cheerful.)

私はいつもバスで学校に行く。　（我經常坐公車去學校。）

I ⎰ always ⎱ go to school by bus.
　⎱ usually ⎰

(2)　いつもより。　　（比平常）(than usual)

会議はいつもより早く始まった。（會議比平常早一點開始了。）

(The meeting opened earlier than usual.)

(3)　いつもは　　（比いつも語氣強，經常是……，但此次不同。）

彼はいつもは遅刻しない。（他平常是不會遲到，但此次遲到了。）

(He isn't usually late. ＝ Usually he is on time.)

(4)　いつものように。（如平常。）(as usual)

彼はいつものように8時に出かけた。　（他如平常8點出門。）

(He went out at eight, as usual.)

(5)　それで、　　（接續詞）（所以）

※接續詞係連接兩個句子之獨立語，放在第2句之首位。

```
─────────。 接續詞 、---------------------------。
      第 1 句              第 2 句
```

接續詞可分為：

  ① 單純之連接，如：そして、又、その上、それに。

  ② 順接，如：それで、だから、そこで。

  ③ 逆接，如：それなのに、しかし、でも、けれども。

各接續詞之例句如下：

① 塩と砂糖と、そして、酢を加えなさい。（加鹽、糖以及醋！）

  （Add salt, sugar, and vinegar.）

         そして

彼は先ず食事をとり、そして、風呂に入った。

    （他先用餐，然後洗澡了。）

  （He first had a meal, and then took a bath.）

彼女は結婚し、そして、今では幸福だ。

    （她結了婚，且現在很幸福。）

  （She got married and now she's happy.）

彼は頭がよくて、その上、スポーツも出来る。

        besides   （他腦筋好，又會運動。）

  （He's smart, besides he is good at sports.）

彼は弁護士であり、又、作家でもある。

    （他是律師，又是作家。）

  （He is a lawyer and writer.）

② 道路が渋滞して、それで、遅れたんです。

    （因為交通堵塞，所以才遲到。）

  （I was caught in a traffic jam, so I was late.）

         それで

昨日は疲れていました。だから、早く寝ました。

    （昨天累了，所以早睡了。）

(I was tired yesterday, so I went to bed early.)

だから

③ その話はおかしいが、しかし、本当だ。

(那件事雖然奇怪，但是，是眞的。)

(The story is strange but it is true.)

しかし

彼は1度で成功した。しかし、困難がなかったのではない。

(他1次就成功了，可是並非無困難。)

(He succeed on the first try, but not without difficulty.)

しかし

私は謝った。それなのに、彼は許してくれなかった。

(我道歉了，雖然如此，他並不原諒我。)

(He wouldn't forgive me though I apologized.)

(6) 經過之場所 を ┌ 走る。
　　　　　　　　　├ 歩く。
　　　　　　　　　└ 飛ぶ。

例：私は毎日この道を歩きます。　　（我每天走這一條路。）
　　電車はレールの上を走ります。（電車在軌道上行駛。）
　　船は海の上を走ります。　　　（船在海面上行駛。）
　　飛行機や鳥は空を飛びます。　（飛機以及鳥在天空飛。）
　　２２号バスは西屯路を通ります。(22號公車走西屯路。）
　　台北へ行く電車は豊原を通って新竹を通って桃園を通って台
　　北へ行きます。

　　　（開往台北之電車經過豐原，然後經過新竹，然後經過桃
　　　園，然後到台北。）

(7) ………わけです。　　（説明前句）　（也就是説、等於是説）

台湾の学校は小学校が６年、中学校が３年、高等学校が３年、大学が４年、つまり、大学を出るまでに１６年かかるわけです。

　　（台灣的學校是小學６年、初中３年、高中３年、大學４年，也就是説，要讀完大學需要花16年。）

(8)

| 上一段 下一段 (動詞) | ようと思 { います。 っています。 | （想要〜） |

↑

表示「意志」之助動詞。

| 五段動詞 | うと思 { います。 っています。 | （想要〜） |

↑

「意志」助動詞

日本料理を食べようと思います。　　（想吃日本料理。）
　　　　下一段

早く起きようと思います。　　（想早一點起床。）
　　上一段

映画を見ようと思います。　　（想看電影。）
　　　上一段

遊ぼうと思います。　　（想遊玩。）
五段 助動詞

手紙を書こうと思います。　　（想寫信。）
　　　五段

走ろうと思います。　　（想跑步。）
五段

(9) 　用言　ので、　用言

連體形 　　　↑

　　　　因爲～所以……

　體言　なので　用言

　　　↑

「だ」之連體形

　形容動詞な　ので　用言

連體形

〔説明〕　ので爲接續助詞，表示順接，做「因爲～所以……」譯，與
　　　　から相同。
　　　　上面之語，若係名詞、代名詞則要加「な」。

　　　　　　　　　　　　　　　　　　　↑

　　　　　　　　　　　　助動詞「だ」之連體形

〔例文〕

(1)　古いので、安い。　　（因爲舊所以便宜。）
　　早く起きたので、沢山仕事が出来た。

　　　　（因爲早起了，所以能多做些工作。）
　　よく勉強したので、試験に受かった。

　　　　（因爲勤奮用功了，所以考取了。）

(2)　日曜日なので、早く起きなくてもよい。

　　　　（因爲是禮拜天，所以不必早起。）

　　まだ子供なので、うちの事情が分からない。

　　　　（因爲還是一個孩子，所以不知道家庭之情況。）

　　※若用から，前面之「是」要用「だ」。

　　日曜日だから、早く起きなくてもよい。
　　まだ子供だから、うちの事情が分からない。

(3)　あまり綺麗なので、誰にでも好かれる。

　　　　（因爲太漂亮了，所以被任何人愛慕。）

　　田舎は静かなので、私はそこが好きだ。

　　　　（因爲鄉下安靜，所以我喜歡那裏。）

　　※若用から，前面之形容動詞要用終止形。

　　　あまり綺麗だから、誰にでも好かれる。

　　　田舎は静かだから、私はそこが好きだ。

〔練習問題〕

(一) 中文譯日文

(1) 我今天比往常早起了。

(2) 我今天如往常早起了。

(3) 我經常都早起。

(4) 我平常是早起，可是今天早上起晚一點。

(5) 我比平常晚一點起床，所以上學遲到。

(6) 我今天6點半去附近的學校慢跑。

(7) 學校的跑道1周是300公尺。

(8) 我跑了10圈，也就是跑了3,000公尺。

(9) 我平常是跑3,000公尺，可是我今天比平常多跑了1,000公尺。

(10) 我今天如平常跑了3,000公尺。

(11) 慢跑如同游泳，是一項對於身體很好的運動。

(12) 我以後也要繼續跑慢跑。

(二) 填充

(1) 今日はいつも（　　　　）早く起きました。

　　　　　　　　　　　比

(2) 今日はいつも（　　　　）早く起きました。

　　　　　　　　　　　如

(3) （　　　　）7時に起きますが、今朝は8時に起きました。

　　平常是

(4) 今朝は遅く起きました。（　　　　）学校に遅れました。

(5) 今朝は10分遅く起きました。（　　　　）学校に遅れませんで
した。

(6) 朝早く起きる（　　　　）、夜も早く寝ます。

(7) 朝早く起きます（　　　　）、夜はそんなに早くは寝ません。

(8) 車が沢山走っている（　　　　）、いつも道が渋滞しています。

(9) 日曜日はあまり賑やか（　　　）、夜店を散歩しません。

(10) この歌は大変好き（　　　）、いつも歌っています。

(11) 来年は留学試験を受け（　　　）と思います。

(12) 明日は早く起き（　　　）と思います。

(13) 土曜日は早く帰（　　　）と思います。

(14) これからも（　　　）日本語の勉強をしていこうと思っています。

(15) ジョギングは（　　　）にいいので、毎朝走っています。

(16) 水泳もジョギングと（　　　）いいので、いつも泳いでいます。

(17) １０周（　　　）３０００メートルになります。

(18) このズボンは少し小さい（　　　）弟にやろうと思います。

〔外來語〕

　　track　　トラック　跑道　　　※注意：勿與卡車(truck)混淆，

　　jogging　ジョギング　慢跑　　　　　日語發音相同。

　　meter　　メートル　公尺　通常以ｍ記載，如100公尺＝100m

第 9 課

およ
泳いでいます。 （正在游泳。）

じょうず およ
上手に泳ぎます。 （游得很好。）

　ここは長春プールです。台中で一番設備のいいプールです。

　このプールには、いつも大勢の人が泳いでいます。年寄の人も若い人も子供もいます。男の人も女の人もいます。

　朝5時から夜10時まで開いています。しかし、昼はプールの清掃の為、休んでいます。その時間は午前10時45分から午後1時までです。

　どんなに寒い日でも人が泳いでいます。昨日のような寒い日でも2、30人の人が泳いでいました。彼らは皆大変上手に泳ぎます。そして、大変立派な体をしています。

　運動の中では、水泳が一番いい運動ですね。私達も一緒に泳ぎましょう。

課文中譯

　　這裏是長春游泳池。是台中市設備最好的游泳池。

　　在這個游泳池經常有很多人在游泳。有老人、有年輕人，也有小孩子。有男人，也有女人。

　　從早上5點開到晚上10點。可是，中午因爲要清池休息。休息時間是從上午10點45分到下午1點鐘。

　　不管多冷的日子，都有人在游泳，就是像昨天那樣冷的日子，也有2、30個人在游泳，他們都游得很好。而且都有一身魁梧的體格。

　　我想所有運動當中，游泳是最好的運動，是不是？我們也參加游泳吧！

—60—

〔文型〕

(1)

$$\boxed{名詞} \quad の \quad \boxed{用言} \quad \boxed{名詞} \quad 。$$

修飾子句 ——→ 修飾

このプールは設備がよい。 （這個游泳池設備好。）

表示句子之主語。

このプールは設備のよいプールです。

修飾子句　名詞

（這個游泳池是設備好的游泳池。）

※此時，「の」表示前語是修飾子句的主語。

春は花 ｛ が咲く。 （春天會開花。）

｛ の咲く季節です。 （春天是開花之季節。）

林さんは日本語 ｛ が出来る。 （林先生會日語。）

｛ の出来る人です。 （林先生是會日語的人。）

(2)

$$\boxed{名詞} \quad も \quad \boxed{名詞} \quad も \; \Big\{ \begin{array}{l} あります。 \\ います。 \end{array}$$

表示列舉

｛ 机があります。椅子もあります。

｛ 机も椅子もあります。

｛ 男の人がいます。女の人もいます。

｛ 男の人も女の人もいます。

(3)

$$\begin{array}{ccc} \boxed{\begin{array}{c} 名　詞 \\ 代名詞 \end{array}} & は & \boxed{名詞} & です。 \end{array}$$

$$\begin{array}{ccc} \boxed{\begin{array}{c} 名　詞 \\ 代名詞 \end{array}} & には & \boxed{\begin{array}{c} 存在動詞 \\ 動作動詞 \end{array}} & ます。 \end{array}$$

—61—

これは台中公園です。

台中公園には色色な木や花が植えてあります。

5月5日は端午の節句です。

この日には鯉幟を立てます。

ここは世界外語塾です。

この塾には大変立派な先生がいます。

(4) 店が開く。　　　（店會開起來。）

デパートは午前１１時に開きます。

デパートは午前１１時から午後１０時まで開いています。

デパートが開くのは午前１１時です。

デパートが締まるのは午後１０時です。

(5) | 體言 | でも | 縦使 | ～也 |
| 用言 | ても | 即使 |

日曜日でも休まないで働いています。

　　（縦使禮拜天也不休息地工作著。）

子供でも女の人でも出来る仕事です。

　　（縦使小孩、女人，也能做的工作。）

台湾は町の中だけでなく田舎でも騒騒しいです。

　　（台灣不僅都市，連鄉下也很吵。）

雨が降っても風が吹いても休みません。

　　（即使下雨、颱風也不休息。）

どんなに高くても買います。　　（即使再貴也要買。）

(6) 立派な体をしています。　　（有一副魁梧的身體。）

表示具有某種外表。

立派な鼻をしています。

綺麗な｜顔をしています。

優しい（やさ）

怒った（おこ）

柔和な（にゅうわ）

きれいな｜恰好（かっこう）をしています。　（有一副｛漂亮的／奇怪的｝外表。）

おかしい

日本語の勉強をしています。　（正在讀日語。）

表示正在做某事。

運動｜をしています。　（正在｛運動。

ジョギング　　　　　　　　　　跑慢跑。

水泳　　　　　　　　　　　　　游泳。

剣道（けんどう）　　　　　　　　打劍道。）

(7)　[動詞]　ましょう。　（我們一起來　[動作]　吧！

一緒に（いっしょ）｛走りましょう。　｜我們一起｛跑步吧！

食べましょう。　　　　　　　吃吧！

歌いましょう。　　　　　　　唱吧！

考えましょう。（かんが）　　　　想吧！

行きましょう。　　　　　　　去吧！

[外來語]

プール　　　pool　　　游泳池　（本來也有「積水的地方」之意。）

〔數目重疊之説法〕

若5人與6人重疊則説5、6人，即5個人或6個人之意。

例：2、3回（兩、三次）　4、5人（四、五人）

5、6軒（五、六幢）　5、6時頃（五、六點鐘左右）

5、60メートル（五、六十公尺）

2、3千円（兩、三千塊）

〔練習問題〕

(一) 中文譯日文

⑴ 在台中設備最好的。

⑵ 在台中設備最好的游泳池。

⑶ 在這個游泳池經常有很多人。

⑷ 在這個游泳池經常有很多人在游泳。

⑸ 有老人，也有年輕人。

⑹ 有男人，也有女人。

⑺ 游泳池從上午 5 點開到下午10點。

⑻ 中午休息時間是從上午10點45分到下午 1 點鐘。

⑼ 中午休息 1 小時是爲了清掃游泳池。

⑽ 縱使再冷的日子也有人在游泳。

⑾ 縱使再貴也要買。

⑿ 即使是像昨天那麼冷的日子也有人在游泳。

⒀ 經常有兩、三百人在游泳。

⒁ 他們都游得很好。

⒂ 他們都有一副很魁梧的身體。

⒃ 在運動當中，游泳是最好的運動。

⒄ 慢跑也是運動當中最好的運動。

⒅ 我們也一起去游泳吧！

⒆ 我們也一起去慢跑吧！

⒇ 長春游泳池是全台灣最好的運動場所。

(二) 塡充

⑴ このプール（　　　）いつも人が大勢います。

⑵ 大勢の人がいつもこのプール（　　　）泳いでいます。

⑶ 年寄（　　　）若い人（　　　）います。
   （としより）（わか）

－65－

(4) どんなに寒い日（　　　）人が泳いでいます。

(5) 雨の日（　　　）大勢の人が泳いでいます。

(6) 清掃の（　　　）昼は1時間ぐらい休みます。

(7) その時間は午前10時45分から午後1時（　　　）です。

(8) 昨日の（　　　）寒い日でも人が泳いでいました。

(9) 日本へは（　　　）行きました。

七、八次

(10) 彼らは皆大変（　　　）泳ぎます。

(11) 彼らは皆大変（　　　）体をしています。

(12) 運動の（　　　）水泳が一番いい運動です。

(13) ジョギングも水泳の（　　　）大変いい運動です。

如

(14) 私達も（　　　）泳ぎに行きましょう。

(15) あの学校には（　　　）運動場があります。

設備好的

(16) 彼は相撲さんの（　　　）体をしています。

相撲力士　　　如

煙草を吸います。　　（有抽煙）

……だけでなく～。　　（不僅……又～。）

父は煙草を吸います。母は吸いません。

最近は煙草を吸う人が多くなりました。

女の人も吸うようになりました。中学生も高校生も学校で吸うようになりました。

以前はこんなことはありませんでした。少なくても２０年前まではこんな有様は見られませんでした。

煙草は何故吸ってはいけませんか。それは体を壊すからです。

先ず胸を壊します。それに、食欲をも悪くします。

煙草は吸う人自分に悪いだけでなく、回りの人にも迷惑を掛けます。回りにいる人が吸いたくもない煙を吸ってしまうからです。つまり、回りの人は煙草の煙を吸わされるわけです。

又、私達の住む環境をも汚してしまいます。ですから、私達は煙草を吸わないようにしましょう。吸っている人は、きっぱりと吸うのを止めましょう。

課文中譯

　　我父親有抽煙。我母親沒有抽煙。

　　最近抽煙的人增加了。

　　初中生、高中生也在學校開始抽起來了。

　　從前沒有這種事。至少一直到20年前是看不到這樣的情形。

　　為什麼不能抽煙？那是因為會弄壞身體。

　　首先會弄壞肺部。並且連食慾也會減退。

　　香煙不僅對於抽的人本身有害，也會對於周圍的人加添麻煩。因為周圍的人會吸到不願意吸的香煙的煙。

　　又，也會弄髒我們所住的環境。所以，我們不要抽煙吧！已經在抽的人，毅然地戒掉煙吧！

〔文型〕

(1) 變化之各種説法

名詞 になりました。
　　　⌣⌣
　　　格助詞

形容動詞に　なりました。
　　　　↑
　　　連用形

形容詞く　なりました。
　　　↑
　　　連用形

動詞　ようになりました。
　　　⌇⌇⌇⌇⌇⌇
　　　　↑
　　　助動詞ようだ之連用形。

例：大人 ⎫　になりました。　（成人了。）
　　夏　 ⎪　　　　　　　　　（夏天到了。）
　　課長 ⎬　　　　　　　　　（當課長了。）
　　医者 ⎪　　　　　　　　　（當醫生了。）
　　夜　 ⎭　　　　　　　　　（晚上到了。）
　　名詞

綺麗に ⎫　なりました。　（變成 ⎰漂亮⎱ 了。）
　　　 ⎪　　　　　　　　　　　　⎱乾淨⎰
丈夫に ⎪　　　　　　　　　（變成強壯了。）
暖かに ⎪　　　　　　　　　（變成温暖了。）
静かに ⎬　　　　　　　　　（變成安靜了。）
上手に ⎪　　　　　　　　　（變成會了。）
爽やかに⎪　　　　　　　　（變成舒爽了。）
真面目に⎭　　　　　　　　（變成認眞了。）

形容動詞、連用形

— 68 —

大きく	なりました。	（變大了。）
長く		（變長了。）
小さく		（變小了。）
短く		（變短了。）
広く		（變寬了。）
よく		（變好了。）
悪く		（變壞了。）

形容詞連用形

早く起きられる	ようになり	（現在能早起了。）
日本語が話せる	ました。	（現在能講日語了。）
５０メートル泳げる		（現在能游50公尺了。）
１０キロ走れる		（現在能跑10公里了。）
家が買える		（現在能買房子了。）

動詞終止形

(2) 煙草を吸うようになりました。

動詞終止形

　　（從前不抽煙，但最近變成會抽煙了。）

※與「煙草を吸いました。」有什麼不同？此句只是說在過去的某一時間抽了煙，如：剛才抽了煙、今天早上抽了煙、飯後抽了煙、昨天抽了煙、當時抽了煙。

今舉一些例子來比較：

遅れました。　（過去的某一時間遲到了。）

遅れるようになりました。　（最近會遲到了。）

食べました。　（過去的某一時間吃了。）

食べるようになりました。（最近會吃了。〔從前不吃〕）

子供が野菜を食べるようになりました。

{早く起きました。　　（過去的某一時間早起了。）
{早く起きるようになりました。　　（最近會早起了。）

(3)　少な{い
　　　　　{くても　＝　至少也
　　　　　　表示逆接的接續助詞。
例：毎年少なくても５０００人の人が交通事故で死んでいます。
　　　　　（毎年至少也有 5,000 人死於車禍。）

多{い　　　　例：映画は見るのは１年に多くても３回ぐらいで
　{くても　　　　す。
　　　　　　　　　　　（看電影毎年頂多也 3 次左右而已。）

高{い　　　　皮靴はどんなに高くても３０００元ぐらいで
　{くても　　　す。
　　　　　　　　　　　（皮鞋再貴也 3,000 元左右而已。）

低{い　　　　男の人はどんなに低くても５尺はあります。
　{くても　　　（男人再矮也有 5 尺高。）

(4)　それは～からです。　　（那是因爲～。）

{パチンコをやってはいけません。　　不要打小鋼珠。
{それはお金と時間を無駄にするか　　（那是因爲會浪費金錢和時
{らです。　　　　　　　　　　　　　　間之縁故。）
{夜更かしをしてはいけません。　　　晩上不要熬夜。
{それは朝早く起きられないからで　　（那是因爲早上起不來之縁
{す。　　　　　　　　　　　　　　　　故。）
{テレビを見てばかりいてはいけません。
{それは勉強や運動や仕事をする時間がなくなるからです。
　　　　（不要老是看著電視。
　　　　（那是因爲會没有讀書、運動、工作之時間之縁故。）

－ 70 －

(5) ………。それに、………。

並且

表示「單純之連接」之接續詞。

日本語が出来ると便利です。それに、これによって金を稼ぐ事も
　　出来ます。

　　（會日語的話很方便，並且還可以藉此賺錢。）

運動は体にいいです。それに、友達も沢山作れます。

　　（運動對於身體好。並且可以交很多朋友。）

(6) 〜　だけでなく、………。

不僅〜又 ……。

日本語が出来ると便利なだけでなく、これによって金を稼ぐ事も
　　出来ます。

運動は体にいいだけでなく、友達も沢山作れます。

(7) (A)　煙草を吸わ　す。　　　　（要令人抽煙。）

五段他動詞　　される。　　　（被迫抽煙。）

表示「被動」之助動詞，接在動詞未然形之下。

学生は先生に本を買わされ　る。

　　　　　　　　　　　　　　ます。

　　（學生被老師強迫買書。）

学生は先生に宿題を書かされ　る。

　　　　　　　　　　　　　　　ます。

　　（學生被老師強迫寫家庭作業。）

学生は先生に本を読まされ　る。

　　　　　　　　　　　　　ます。

　　（學生被老師強迫唸書。）

－71－

(B) 　五段動詞　　せ ⎰ る。
　　　　　　　　 ⎱ られる。　　　　　　　　　　動作
　　　　　　　　　　　　　　　　　　　 （被迫 ～ 。）

　　　五段以外　　させ ⎰ る。
　　　　動詞　　　　 ⎱ られる。

　　五段動詞之例子：

　　吸わせ ⎰ る。
　　　　　　⎱ られる。

　　まわ
　　回りにいる人は好きでない煙草の煙を ⎰ 吸わされる。
　　　　　　　　　　　　　　　　　　　　 ⎱ 吸わせられる。

　　買わせ ⎰ る。　　　学生は先生に本を ⎰ 買わされる。
　　　　　　⎱ られる。　　　　　　　　　　⎱ 買わせられる。

　　書かせ ⎰ る。　　　学生は先生に宿題を ⎰ 書かされる。
　　　　　　⎱ られる。　　　　　　　　　　 ⎱ 書かせられる。

　　読ませ ⎰ る。　　　学生は先生に本を ⎰ 読まされる。
　　　　　　⎱ られる。　　　　　　　　　　⎱ 読ませられる。

　　五段以外動詞之例子：

(a) 上一段
　　お
　　起きさせ ⎰ る。
　　　　　　　⎱ られる。

　　母は子供に早く起きさせる。　　（母親要孩子早起。）

　　子供は母に早く起きさせられる。（小孩被母親強迫早起。）
　　み
　　見させ ⎰ る。
　　　　　　⎱ られる。
　　　　　　　せいせき
　　先生は学生に成績を見させる。　　（老師叫學生看成績。）

　　学生は先生に成績を見させられる。（學生被老師強迫看成績。）

(b) 下一段
　　た
　　食べさせ ⎰ る。
　　　　　　　⎱ られる。

－72－

母は子供に野菜を食べさせる。　　（母親叫孩子吃蔬菜。）

子供は母に野菜を食べさせられる。（孩子被母親強迫吃蔬菜。）

寝(ね)させ {る。 / られる。} （か）　　（註）通常説「寝かせる。」

母は子供を早く寝 {さ / か} せる。　　（母親要孩子早睡。）

子供は母に早く寝 {さ / か} せられる。（孩子被母親強迫早睡。）

考(かんが)えさせ {る。 / られる。}

この事件(じけん)は台湾と大陸(たいりく)との関係(かんけい)について考(かんが)えさせられる。

（這個事件令人對於台灣與大陸之間的關係深思。）

(c) カ行變格

来(こ)させ {る。 / られる。}

先生は学生に早く来させる。　　（老師要學生早來。）

学生は先生に早く来させられる。（學生被老師強迫早來。）

(d) サ行變格

させ {る。 / られる。}

主人(しゅじん)は工員(こういん)に仕事(しごと)をさせる。　　（老闆叫工人工作。）

工員は主人に仕事をさせられる。（工人被老闆強迫工作。）

〔練習問題〕

(一) 中文譯日文

⑴ 我父親有抽煙。

⑵ 可是我並沒有抽煙。

⑶ 因爲抽煙對身體不好。

⑷ 我們不要抽煙吧！

⑸ 抽煙會給周圍的人添麻煩。

⑹ 抽煙，周圍的人會吸進去二手煙。

⑺ 周圍的人會被迫吸進去二手煙。

⑻ 現在女人也抽起煙來了。

⑼ 中學生也抽起煙來了。

⑽ 從前這種情形是看不到的。

⑾ 從前是沒有這種情形的。

⑿ 抽煙會弄壞肺部，並且也會減低食慾。

⒀ 抽煙不僅對抽的人本身不好，也會麻煩周圍的人。

⒁ 也就是說，抽煙的周圍的人，將會被迫抽進二手煙。

⒂ 抽煙也會弄髒我們所住的環境。

(二) 填充

⑴ 最近は女の人も煙草を吸う（　　　）なりました。

⑵ 以前はこんな（　　　）は見られませんでした。

⑶ なぜ煙草を吸ってはいけませんか。体を壊す（　　　）。

⑷ 先ず胸を壊します。（　　　）、食欲をも悪くします。

⑸ 煙草は吸う人自分に悪い（　　　）、回りの人にも迷惑を掛けます。

⑹ （　　　）、私達は煙草を吸わないようにしましょう。

⑺　回りの人に迷惑を掛けるのは、回りの人が煙を吸わされる（　　　　）。

⑻　子供は母に食べたくない野菜を（　　　）ます。

⑼　学生は先生に書きたくない宿題を（　　　）ます。

⑽　煙草は（　　　）止めましょう。

⑾　これから煙草を吸わない（　　　）しましょう。

⑿　回りの人が吸い（　　　）煙を吸わされるからです。

シャツを着ています。 （穿著襯衫）

　今日はいつもと違って、空が曇っています。風も吹いています。
少し寒いので、上着を着ました。日頃は大抵、半袖シャツを着ています。ズボンは薄い、黒いのを履きます。暑い日や学校へ行かない日は、半ズボンを履いています。靴はゴム底の軟かい皮靴を履いています。歩きやすいからです。

　昼頃雨が降って来ました。傘を差して買物に行きました。夕方雨が止みました。

　うちへ帰ると浴衣に着換えました。秋や冬は、うちではいつも浴衣を着ています。夏は暑いので、うちではいつも裸です。

　外へ出る時は、草履を履きます。町へ出る時は、靴を履きます。スクーターに乗る時には、ヘルメットを被ります。安全第一を心がけています。

課文中譯

　今天跟往常不同，天空黑黑的。也颳著風。

　因爲有一點冷，所以穿上了上衣了。平常通常是穿著半袖襯衫。褲子是穿著薄薄的黑色的。天氣熱或不上學的日子是穿著短外褲。鞋子是穿著橡膠底之軟皮鞋。因爲比較好走。

　中午時候下起雨來了。撐著雨傘去買東西了。黃昏時雨停了。

　一回家就換穿輕便和服了。秋天冬天在家通常穿著輕便和服。夏天因爲熱，在家經常是赤著身體（沒有穿衣）。

　出門時要穿拖鞋，往街上時要穿皮鞋，騎摩托車時要戴安全帽。我經常很注意安全。

⑴　いつも
- と違って　　　　（和平常不同）
- のように　　　　（如平常）
- より　　　　　　（比平常）
- は　　　　　　　（平常是～，但是今天……）

今日はいつも
- と違って
  - のんびりした一日です。
    - （今天跟平常不同，是很悠閒的一天。）
  - 沢山仕事をしました。
    - （今天跟平常不同，做了很多工作。）
  - 車が少ないです。
    - （今天跟平常不同，車輛稀少。）
- のように忙しい一日です。
  - （今天如往常，是忙碌的一天。）
- より沢山仕事をしました。
  - （今天比平常多做了工作。）

いつもは7時に起きますが、今朝は6時に起きました。

（平常是7點起床，但是今晨6點就起床了。）

⑵　空が
- 曇
  - る。　　　　　　（天空會轉陰。）
  - っています。　　（天空黑黑的。）
- 晴れ
  - る。　　　　　　（天空會轉晴。）
  - ています。　　　（天空晴朗。）

⑶　風が吹
- く。　　　　　　　（會颳風。）
- いて
  - います。　　　　（颳著風。）
  - 来ました。　　　（颳起風來了。）

— 77 —

雨が降 { る。　　　　　　　（會下雨。）
　　　って { います。　　　　（正下著雨。）
　　　　　　 来ました。　　　　（下起雨來了。）

(4)　上着（うわぎ）　　　　　を　着（き） { る　　　　　　 } →（要穿）　　　上衣
　　シャツ　　　　　　　　　　　　　ま { す。　　　　}　　　　　　　　　襯衫
　　ジャンパー　　　　　　　　　　　　　　した。→（穿上了）　　　夾克
　　制服（せいふく）　　　　　　　　ていま { す。→（穿著）　　　　制服
　　洋服（ようふく）　　　　　　　　　　　　した。→（當時穿著）　西裝
　　ユニフォーム　　　　　　　　　　　　　　　　　　　　　　　　制服

　　ズボン　　　　　　　を　履（は） { く　　　　　　 } →（要穿）　　　褲子
　　靴下　　　　　　　　　　　　　きま { す。　　　　}　　　　　　　　　襪子
　　靴　　　　　　　　　　　　　　　　　　した。→（穿上了）　　　皮鞋
　　草履（ぞうり）　　　　　　　　いていま { す。→（穿著）　　　　拖鞋
　　下駄（げた）　　　　　　　　　　　　　した。→（當時穿著）　木屐
　　スリッパー　　　　　　　　　　　　　　　　　　　　　　　　薄拖鞋
　　パンツ　　　　　　　　　　　　　　　　　　　　　　　　　　內褲

(5)　動詞 { やすい
　　　　　　にくい

　　台中は住（す）みやすい。　　　　（台中適合居住。）
　　台北は住みにくい。　　　　　　　（台北不適合居住。）
　　古い靴は履（は）きやすい。　　　　（舊皮鞋好穿。）
　　新しい靴は履きにくい。　　　　　（新皮鞋不好穿。）
　　この本は読みやすい。　　　　　　（這本書易讀。）
　　その本は読みにくい。　　　　　　（那本書難讀。）
　　ゴム底の靴は歩きやすい。　　　　（橡膠底之皮鞋好走路。）
　　皮底（かわぞこ）の靴は歩きにくい。　　（皮底皮鞋難走路。）

低い山は登りやすい。　　　　（高度低的山易攀登。）

高い山は登りにくい。　　　　（高度高的山難攀登。）

(6)　………を心がけ┤る。

　　　　　　　　　　└ています。　（經常用心在………。）

怠けないように心がけ┤ます。

　　　　　　　　　　└ています。（經常提醒自己不要懶惰。）

遅れないように心がけ┤ます。

　　　　　　　　　　└ています。（經常提醒自己不要遲到。）

喧嘩をしないように心がけ┤ます。

　　　　　　　　　　　└ています。

　　　　　　　　　　　（經常提醒自己不要跟人吵架。）

誠実を心がけ┤ます。

　　　　　　└ています。　（經常提醒自己要以誠實待人。）

時間を無駄にしないように心がけ┤ます。

　　　　　　　　　　　　　└ています。（經常提醒自己不

　　　　　　　　　　　　　　　　　要浪費時間。）

〔練習問題〕

(一) 中文譯日文

⑴ 今天跟往常不同，天黑黑的。

⑵ 今天跟往常不同，早起了。

⑶ 今天跟往常不同，是悠閒的一天。

⑷ 今天跟往常不同，做了很多工作。

⑸ 今天如往常早起了。

⑹ 今天如往常，是忙碌的一天。

⑺ 今天如往常，是很熱的一天。

⑻ 今天如往常七點起床了。

⑼ 今天比平常早起了。

⑽ 今天比平常早一點到學校了。

⑾ 今天比平常多做了工作了。

⑿ 今天比平常多吃了飯了。

⒀ 我通常在家是赤著身體的。

⒁ 我通常在家是穿著短袖襯衫的。

⒂ 我通常上街都穿拖鞋。

⒃ 下雨時要撐雨傘出去。

⒄ 騎摩托車時要戴安全帽。

⒅ 回家要換穿輕便和服。

⒆ 我以安全第一來提醒自己。

⒇ 我以不跟人吵架提醒自己。

(二) 填充

⑴ 風が（　　　　　）います。

⑵ 雨が（　　　　　）います。

⑶ 外へ出る時は皮靴を（　　　　）ます。

(4) 外へ出る時は洋服を（　　　　）ます。

(5) 学校へ行かない日は半ズボンを（　　　　）います。

(6) 台湾は暑い（　　　　）です。

(7) ゴム底の靴は（　　　　）からです。

(8) 台中は（　　　　）からです。

(9) いつもヘルメットを被^{かぶ}ります。（　　　　）を心がけています。

(10) 人と（　　　　）ように心がけています。

(11) 学校に（　　　　）ように心がけています。

(12) スクーターに（　　　　）時には必ずヘルメットを被ります。

(13) 雨が降りました、傘を（　　　　）学校へ行きました。

(14) （　　　　）いつも浴衣を着ています。

　　　　在家

(15) うちへ（　　　　）浴衣に着換えました。

　　　　　一回家就

(16) （　　　　）は大抵１２時に寝ます。

　　　　平常

(17) 昼頃雨が（　　　　）ました。

　　　　　　　　停

(18) ３時頃雨が降って（　　　　）。

　　　　　　　下起雨來了

(19) （　　　　）時は必ず靴を履きます。

　　　出門

(20) 夏は暑い（　　　　）いつも裸です。

穢くする。 （弄髒）
きたな

穢くなる。 （會變髒）
きたな

　ここは日本の部屋です。
にほん　へや

　日本の部屋には、畳が敷いてあります。この部屋を座敷と言います。
にほん　へや　　　たみ　し　　　　　　　　へや　ざしき　い
座敷は普通、地面より少し高くしてあります。それで、座敷に上がる
ざしき　ふつう　じめん　すこ　たか　　　　　　　　ざしき　あ
と言いますが、座敷に上がる時には靴を脱がなければなりません。靴
い　　　　　ざしき　あ　とき　　くつ　ぬ　　　　　　　　　　くつ
を履いた儘で上がってはいけません。靴を履いた儘で上がると畳を穢
は　　まま　あ　　　　　　　　くつ　は　まま　あ　　　たたみ　きたな
くするからです。

　「穢くする」を「汚す」とも言います。又、「穢くなる」と言って
きたな　　　　よご　　　い　　また　きたな　　　　い
もいいです。

　「穢くなる」は「汚れる」とも言います。
きたな　　　　よご　　　い

　このように、日本語には、色色な言い方があります。外の国の言葉
にほんご　　　いろいろ　い　かた　　　　　　ほか　くに　ことば
についても、それは言えることでしょう。
い

　1つ1つの言い方をしっかり勉強しましょう。
ひと　ひと　い　かた　　　　　　べんきょう

課文中譯

　這裏是日式的房間。

　在日式房間裏有舖著草蓆，這種房間稱爲「座敷」(zasiki)。「座敷」普通都建得比地面稍微高一點。所以說，上「座敷」。上「座敷」時必須脫鞋。不可以穿著鞋那樣上去。因爲穿著鞋上去的話會把草蓆弄髒。

　「弄髒」又可以說成「yogosu」，又可以說成「變髒」。

　「變髒」又可以說成「yogoreru」。

　如此，日語有各種表達法。其他國之國語，這一點也是一樣的吧！

　我們把每一種表達法好好地學會吧！

〔文型〕

(1) 穢 い 髒。 形容詞 dirty

穢 く する。(他動詞)（弄髒。）(make dirty) ＝汚す （他動詞）

穢 く なる。(自動詞)（會髒。）(become dirty) ＝汚れる（自動詞）

畳を穢くすると （弄髒草蓆，

畳が穢くなる。 草蓆就會變髒。）

畳を汚すと （弄髒草蓆，

畳が汚れる。 草蓆就會變髒。）

少年は泥水でズボンを 穢くして しまった。

汚して

（少年沾上了泥水，使褲子變髒了。）（弄髒了褲子。）

(The boy made his pants dirty with muddy water.)

私はコーヒーをこぼして絨毯を 汚して しまった。

穢くして

（我不小心弄倒咖啡，弄髒了地毯。）

(I spilt coffee and stained the carpet.)

辞書が手垢でだんだん 汚れて 来た。

穢くなって

（辞典由於沾上了手垢，漸漸變髒了。）

(My dictionary is gradually becoming dirty with finger marks.)

(2) 畳 を敷 く。 （要舖草蓆。） (lay tatami mats.)

いている。 （正在舖草蓆。） (laying tatami mats.)

が敷いてあ る。

ります。 （有舖著草蓆。）

(The tatami mats was laid on the room.)

—83—

座敷には畳が敷いてある。

　　　　(The room was covered with tatami.)

旅館やホテルには絨毯が敷いてある。

風呂場にはタイルが敷いてある。　　（浴室有舗著磁磚。）

(The bath room was covered with tile.)

(3)　座敷　　　（日式房間）

　　　　　(a Japanese-style drawing room.)

私は客を座敷に通した。　　（我把客人引進客廳。）

(I showed the guest into the drawing room.)

(4)　靴　　　　を脱　　ぐ

　　帽子　　　　　　　いで

　　上着　　　　　　　がなければなりません。　　（必須要脱鞋。）

　　ズボン

　　靴下

(5)　〜た儘で‥‥‥‥。　　（以原有之状態‥‥‥。）

　　　　　(leave ; keep ; remain ; with)

鍋を火にかけた儘で台所を離れてはいけません。

　　　　（不可以把鍋放在爐上就離開厨房。）

(Don't leave the kitchen with the pan on the fire.)

テレビをつけた儘で寝てしまった。（開著電視機那樣竟睡著了。）

(I fell asleep with the television on.)

彼はパジャマを着た儘で窓から飛び出した。

　　　　（他穿著睡衣那樣就由窗戸衝出去了。）

(He jumped out of the window in his pajamas.)

(6)　………についてもそれは言えることでしょう。

$$那 \begin{Bmatrix} 件 \\ 種 \end{Bmatrix} 事。$$　通常指剛講完的那一句裏之名詞。

台湾では工業が発達（はったつ）するにつれて公害（こうがい）がひどくなっています。

外の国についてもそれは言えることでしょう。

指「公害がひどくなっていること」

（在台灣，隨著工業發達，公害越來越嚴重，就其他國家來説
這種情形也是一樣吧。）

英語の勉強では、先ず大切な文型を覚えることが大切です。

日本語の勉強についてもそれは言えることでしょう。

指「文型を覚えること」

（讀英文最重要的事情就是先把句型好好地學會。就讀日語來
説情形也是一樣吧！）

(7)　しっかり……ましょう。　　（我們好好地……吧！）

副詞，好好地、緊緊地、堅強地、堅固地。

(tightly , firmly , fast , steady , sound.)

私の腰（こし）にしっかり摑（つか）まって下さい。　　（緊緊地抱著我的腰吧！）

しっかり勉強して下さい。　　（請好好地讀書。）

しっかり結（むす）んで下さい。　　（請緊緊地打結。）

しっかりやって下さい。　　（請好好地奮鬥。）

〔練習問題〕

（一） 中文譯日文

(1) 日式房間有舖著草蓆。

(2) 有舖著草蓆的房間，稱爲「座敷」。

(3) 又可稱爲「和室」。

(4) 我家有一間日式房間。

(5) 那一間「座敷」舖著8個草蓆。

(6) 浴室裏舖著磁磚。

(7) 「座敷」建得比地面稍微高一點。

(8) 要上「座敷」時，必須脫鞋。

(9) 因爲穿著鞋上「座敷」，會弄髒「座敷」。

(10) 我們不要弄髒「座敷」吧！

(11) 弄髒就會髒。

(12) 「弄髒」和「會髒」都各有兩種説法。

(13) 讀書有一定之順序，就做工作來説情形也是一樣吧！

(14) 不能戴帽子那樣進入房間。

（二） 塡充

(1) 風呂場（　　　）タイルが敷いてあります。

(2) 座敷には畳が（　　　）あります。

(3) ホテルには絨毯が（　　　）あります。

(4) この本を貸してもいいですが、（　　　）てはいけませんよ。

(5) あなたの辞典は大変（　　　）ていますね。

(6) これは借り物ですから、（　　　）ようにして下さいね。

(7) 空気が排気で大変（　　　）ています。

(8) 河川もごみで（　　　）ています。

(9) ごみを川に捨てると川を（　　　）てしまいます。

(10) 煙草を吸うと部屋の空気を（　　　）ます。

(11) 遊覧バスはいつも煙草の煙で大変（　　　）ています。
　ゆうらん

(12) 部屋に入る時には帽子を（　　　　　　　　　）。

(13) 空気も河川も大変汚れています。（　　　）公害がひどいと健
　　かせん
　康を害します。
　　がい

用言 と……。　　（一～就……。）

用言 ても……。　　（即使～也……。）

林さんはお金があるとすぐ本屋へ本を買いに行きます。
顔さんは時間があるとすぐテニスコートへテニスをやりに行きます。
張さんは日曜日になると近くの山へ山登りに行きます。

蔡さんはお金があっても無駄使いをしません。
廖さんは時間があっても運動をしません。
許さんは日曜日になっても暇がありません。

本を読むと色色の事が分かるようになります。
運動をすると体が丈夫になります。
暇があると色色自分の好きな事が出来ます。
節約をするとお金が溜まります。
勉強をすると勉強が面白くなります。
そして、成績がよくなります。

課文中譯

　　林先生一有錢就去書店買書。
　　顔先生一有時間就去網球場打網球。
　　張先生一到了禮拜天就去附近之山登山。
　　蔡先生即使有錢也不浪費。
　　廖先生即使有時間也不運動。
　　許先生即使到了禮拜天也沒有空。

　　看書就可以知道各種事情。
　　做運動，身體會強壯。
　　有空就可以做很多自己所喜歡的事情。
　　節省就能存錢。
　　讀書，讀書就變得有趣味。
　　而且成績就會好。

〔文型〕

(1)

接續助詞
表示順接

風が吹くと波が立つ。　（風一吹就起浪。）

雨が降ると道が濡れる。　（雨一下路就濕。）

日曜日だと暇がある。　（如果是禮拜天就有空。）

(2)

動詞
形容詞　ても　用言

　　　　接續助詞，表示逆接，前面的用言用「連用形」。

お金があっても使わない。　（即使有錢也不用。）

走っても疲れない。　（即使跑步也不累。）

寒くても泳ぐ。　（即使冷也要游泳。）

暑くてもクーラーをつけない。　（即使天氣熱也不裝冷氣機。）

(3)
水 } が溜まる。 {
ごみ
仕事
お金

會積水。
垃圾會多起來。
工作多起來。
錢存起來。

お金を溜めると
　　他動詞
お金が溜まる。
　　自動詞

（把錢存起來，
　錢就多起來。）

— 89 —

〔外來語〕

tennis court	テニスコート	cooler	クーラー
	網球場		冷氣機

〔練習問題〕

(一)　中文譯日文

⑴　一有錢就去買書。

⑵　一有錢就去看電影。

⑶　一有錢就去百貨公司買各種東西。

⑷　一有空就去爬山。

⑸　一有空就去游泳池游泳。

⑹　一有空就去運動場慢跑。

⑺　要把錢存起來買房子。

⑻　要把錢存起來去日本。

⑼　運動，身體就會變強壯。

⑽　讀書，就對於讀書產生興趣。

⑾　多看書，就可以知道各種事。

⑿　即使有錢，也不會幸福。

⒀　即使禮拜天，也沒有空。

⒁　即使不會，也認眞學。

⒂　即使要花時間，也要繼續地做。

（続けて）

(二)　塡充

⑴　お金が（　　　）すぐ好きな本を買いに行きます。

⑵　暇が（　　　）すぐ泳ぎに行きます。

─90─

(3) お金が（　　　）無駄使いをしません。

(4) 暇が（　　　）遊びません。

(5) 体が丈夫だ（　　　）どんな事でも出来ます。

(6) 日曜日だ（　　　）大抵うちにいます。

(7) この辺は雨が（　　　）道は壊れません。

(8) 砂利道は雨が（　　　）すぐ道が壊れます。

(9) 重い病気は薬を（　　　）治りません。

(10) 軽い病気は薬を（　　　）すぐ治ります。

(11) 人を敬う（　　　）人に愛されます。

(12) どんなに考え（　　　）分かりません。

(13) 眼鏡を掛ける（　　　）よく見えます。

(14) 眼鏡を掛け（　　　）よく見えません。

(15) あまり働く（　　　）病気をします。

(16) どんなに働い（　　　）病気をしません。

體言 は 用言 が、體言 は（雖然～，但是…。）
體言 も 用言 し、體言 も（既～，又……。）

蔡さんはお金もあるし、学問もあります。
林さんは英語も出来るし、日本語も出来ます。
顔さんはテニスもやるし、柔道もやります。

学問のある人は蔡さんです。
お金のある人も蔡さんです。
蔡さんは学問もあるし、お金もあります。

英語の出来る人は林さんです。
日本語の出来る人も林さんです。
林さんは英語も出来るし、日本語も出来ます。

しかし、蔡さんも顔さんも日本語は出来ます。

蔡さんはテニスは出来るが、柔道は出来ません。
顔さんは日本語は出来るが、英語は出来ません。
林さんはテニスは出来ないが、柔道は出来ます。剣道も出来ます。

課文中譯

蔡先生既有錢，又有學問。
林先生既會英語，又會日語。
顏先生既打網球，又摔柔道。

有學問的人是蔡先生。
有錢的人也是蔡先生。
蔡先生既有學問，又有錢。

會英語的人是林先生。
會日語的人也是林先生。
林先生既會英語，又會日語。

可是，蔡先生和顏先生也都會日語。

蔡先生雖然會打網球，可是不會摔柔道。

顏先生雖然會說日語，可是不會說英語。

林先生雖然不會打網球，但是會摔柔道，也會打劍道。

〔文型〕

(1)　〜も………し、〜も………。　（既〜又……。）

勉強も出来るし、運動も出来る。　（既會讀書，又會運動。）
お金もあるし、地位もある。　（既有錢，又有地位。）
煙草も吸わないし、酒も飲まない。　（既不抽煙，又不喝酒。）

(2)　日本語が出来る。………単文　（句子裏只有1個主語與述語。）
　（會日語。）　　　（單句）　　single sentence.

日本語も出来るし、｝……重文　（句子裏有兩個主語與兩個述語。）
英語も出来る。

（既會日語，又會英語。）（重疊句）　double sentence

日本語の出来る人は林さんです。　（會日語的人是林先生。）
……複文　（句子裏還有小句子。）

（複雜句）　（在此，「日本語の出来る」是小句子，係修飾「人」。）
　　　complicated sentence

※此句若說成：この人は林さんです。　（這個人是林先生。）
　則不算為「複文」。

—93—

「日本語の出来る」係由「日本語が出来る」而來，本為一個句子，因為它成為「人」之修飾子句 (modifier clause)，故「が」改為「の」。此類句子舉些做參考。

> 5月は雨が降ります。　………… 單文
> 雨の降る月は5月です。　………… 複文

修飾

修飾子句 (句子中之句子。)

> 林さんは剣道が出来ます。
> 剣道の出来る人は林さんです。

> 春は花が咲きます。　　（春天會開花。）
> 花の咲く季節は春です。　　（會開花之季節是春天。）

> 林さんはお金があります。
> お金のある人は林さんです。

(3)
> 顔さんはテニスが出来ます。
> 顔さんは英語は出来ません。

合併為「顔さんはテニスは出来るが、英語は出来ません。」
　　　　（顔先生雖然會打網球，但是不會説英語。）

〜 は………が、〜 は。

（雖然 〜 ，但是……。）

此類句子，在一個句子中有兩個主語（テニス、英語）以及兩個述語（出来る、出来ません）。

故亦稱「重文」 (double sentence)。

此類句子舉些例如下：

> 台湾は雨が降ります。しかし、雪は降りません。
> 台湾は雨は降るが、雪は降りません。

台湾は土地が狭いです。しかし、人口は多いです。

台湾は土地は狭いが、人口は多いです。

林さんは体が小さいです。しかし、力があります。

林さんは体は小さいが、力はあります。

※注意：單文時之「が」在重文時變爲「は」，則表示「對比」。

〔練習問題〕

(一)　中文譯日文

(1)　顏先生有錢。

(2)　顏先生也有地位。

(3)　顏先生既有錢，又有地位。

(4)　蔡先生會日語。

(5)　蔡先生不會英語。

(6)　蔡先生雖會日語，但是不會英語。

(7)　會日語的人是蔡先生。

(8)　不會日語的是許先生。

(9)　許先生雖然不會日語，但是會英語。

(10)　林先生也會日語，也會英語。

(11)　林先生既會日語，又會英語。

(12)　林先生身材很小。

(13)　可是林先生很有力氣。

(14)　林先生雖然身材很小，可是有力氣。

(15)　台灣雖然不會下雪，可是雨很多。

(16)　王先生雖然沒有學歷，可是很有學問。

(17)　有學問的人是王先生。

(18)　葛先生很會游泳。　（葛<ruby>葛<rt>かつ</rt></ruby>さん）

(19)　葛先生也很會長跑。

(20)　葛先生又會游泳，又會長跑。

(21)　會游泳又會長跑的人是葛先生。

(二)　塡充

(1)　林先生はお金（　　　）あります。

(2)　林さんは学問（　　　）あります。

(3)　お金（　　　）あるし、学問（　　　）ある人は林さんです。

(4)　お金（　　　）ある人は林さんです。 ．．．．．．．．．．．．．．．．．．．．．．．．．

(5)　顔さんは日本語（　　　）出来ます。

(6)　しかし、英語（　　　）出来ません。

(7)　日本語（　　　）出来るが、英語（　　　）出来ません。

(8)　台湾は果物（　　　）豊富です。

(9)　肉や野菜（　　　）豊富です。

(10)　台湾は果物も豊富だ（　　　）、肉や野菜も豊富です。

(11)　台湾はばくち（　　　）盛んです。（「盛んです」為形容動詞）

(12)　ばくち（　　　）盛んな国は台湾です。

(13)　山は果物（　　　）なります。　（會結果實。）

(14)　果物（　　　）なる所は山です。　（會結果實之地方是山上。）

第15課

晴れています。（ 自動詞 ています。）

春になりました。空が青く晴れています。花が咲いています。小鳥が鳴いています。日が照っています。

窓から日が射しています。

勉強して疲れた時、窓から外を見ます。

遠くの山が見えます。山の下に川が流れています。流れている水は、同じ水ですが、もう昨日流れていた水ではありません。

山の上には、沢山木が生えています。草も生えています。

山の上の空気は、大変澄んでいます。

都会の空気は、大変汚れています。あちらこちらに、ごみが溜まっています。そして、ぷんぷん悪い匂いがします。

課文中譯

　春天到了，天空很晴朗。花開著，小鳥在鳴叫，陽光普照著。

　由窗口陽光照射進來。

　讀書讀到疲倦時，我會由窗口看外面。

　看得見遠方之山。山下流著河流。所流著的水是一樣的水，但是已經不是昨天流著的水。

　山上繁殖著很多樹，草也長出很多。

　山上之空氣很清淨。

　都市之空氣很髒，到處堆積著垃圾，而且發出很難聞的惡臭味。

—98—

〔文型〕 ふんけい

(1) 自動詞 ています。（自然界之現象，非爲「人爲」者。）

有兩種情形，其一是「動作在進行」，另一是「某種狀態在持續」，本課大都是「狀態之持續句」。

晴れ { る。 / ています。　咲 { く。 / いています。　照 { る。 / っています。

射 { す。 / しています。　見え { る。 / ています。　流れ { る。 / ています。

澄 { む。 / んでいます。　生え { る。 / ています。　汚れ { る。 / ています。

溜ま { る。 / っています。　匂いが { する。 / しています。

（會有某種氣味。）
（已經可聞到氣味。）

※惟有一句「鳴 { く。 / いています。」爲動作句。

(2) 他動詞 てあります。

亦爲狀態持續句，惟此種句子爲「人爲動作所留下之狀態」。

如：置いてあります。書いてあります。しまってあります。張ってあります。止めてあります。作ってあります…等。

(3) 疲れ { る。 / ます。 } ラ行下一段動詞　會疲倦。
　　　　 { た。 / ました。 } 累了、疲倦了。
　　　　 { ています。 } ──(現在已經)疲倦。

— 99 —

⑷　眼鏡を掛けて見ると　　　　（戴眼鏡看就看得見小字。）
　　小さい字が見える。

　　見る ＝ マ行上一段　　他動詞　　（人要看某 ｛ 地方 ｝ ）
　　　　　　　　　　　　　　　　　　　　　　　　｛ 物 ｝

　　映画 ｜
　　絵 ｜ を見 ｛ る。
　　景色 ｝ 　　　｛ ます。
　　外 ｜
　　右 ｜

　　小さい字 ｜
　　遠くの山 ｜ が見え ｛ る。　　　（看得見小字。）
　　車や人 ｝ 　　　　　＝
　　川 ｜ 　　　　　　　　ア行下一段自動詞　　（看得見某 ｛ 物 ｝ ）
　　　　　　　　　　　｛ ます。　　　　　　　　　　　　　　｛ 地方 ｝

⑸　生える ＝ ア行下一段　自動詞　grow , sprout , cut
　　　　　　　　會 ｛ 長 ｝ 出來
　　　　　　　　　 ｛ 生 ｝

　　歯 ｜
　　髭 ｜ が生え ｛ る。　　　　　　　　會長出來。
　　毛 ｜ 　　　　　｛ ます。
　　草 ｝ 　　　　　｛ ています。　（現在已經）長出來了。
　　角 ｜
　　芽 ｜
　　羽 ｜

　　花壇に草が生えてしまった。　　（花園裏竟長出草來了。）
　　(Weeds have grown in the flowerbed.)

赤ちゃんに歯が生えて来た。　　（嬰孩長出牙齒來了。）

（The baby is cutting its teeth.）

(6) お金を溜めると

お金が溜まる。　　（把錢存起來，錢就會存起來。）

溜める ＝ マ行下一段動詞　　（把某物存起來。）

溜まる ＝ ラ行五段動詞　　（某物會多起來。）

ごみ
埃（ほこり）
水（みず）
金（かね）
新聞紙（しんぶんし） ｝が溜（た）まる。

(7) 匂（にお）い
味（あじ）
気持（きもち）
音（おと） ｝がする。

サ行變格，自動詞。

※此動詞用在<u>五官感覺</u>時，爲自動詞。若用在<u>動作</u>時則爲他動詞。

動物之五感（ごかん）（五覚（ごかく））（the five senses）

① 視覚（しかく）　目が見えること。　vision

② 聴覚（ちょうかく）　耳が聞こえること。　hearing

③ 味覚（みかく）　舌が食物の味（あじ）を感じること。　taste

④ 嗅覚（きゅうかく）　鼻が匂（にお）いを感じること。　smell

⑤ 触覚（しょっかく）　手が物に触（ふ）れて感じること　the sense of touch

⑥ 感覚（かんかく）｛(a) 五感の感覚 ⇒ 指先（ゆびさき）の感覚、美的（びてき）感覚。
(b) 心（こころ）の感覚 ⇒ 第六感（だいろっかん）、金銭感覚（きんせんかんかく）、平衡（へいこう）感覚、方向（ほうこう）感覚。（the sixth sense）

(8)　勉強　　　　をする。
　　　仕事　　　　サ行變格，他動詞。
　　　運動
　　　ジョギング

〔練習問題〕

(一) 中文譯日文

(1) 春天到了。

(2) 夏天到了。

(3) 禮拜天到了。

(4) 天空很晴朗。

(5) 庭園裏開著花。

(6) 陽光由窗口照射進來。

(7) 山下河流流著。

(8) 今天流著的水，已經不是昨天流的水。

(9) 空氣很清淨。

(10) 疲倦時要看外面。

(11) 看得見很多車子。

(12) 河流之水很髒。

(13) 到處堆積著垃圾。

(14) 我已經存了50萬元。

(15) 我每月存3千元。

(16) 庭園裏長出草。

(17) 到了15歲就會生鬍子。

(18) 這個食物已經有臭味了。

(19) 這朵有很香的香味。

(20) 這個鋼琴會發出很好的聲音。

(二) 填充

(1) 今日は空が（　　　）ています。

(2) 窓から日が（　　　）ています。

(3) 花が（　　　）ています。

(4) 疲れた時、外を（　　　　）。

(5) 車や人が（　　　　）ます。

(6) 焼跡<ruby>焼跡<rt>やけあと</rt></ruby>にはすぐ草が（　　　　）。
　　　火災後之現場

(7) 男の子は15歳になると髭が（　　　　）。

(8) 赤ちゃんは生後<ruby>生後<rt>せいご</rt></ruby>1年になると歯が<ruby>歯<rt>は</rt></ruby>（　　　　）。

(9) 溝<ruby>溝<rt>みぞ</rt></ruby>に穢い水が（　　　　）。

(10) 屋上<ruby>屋上<rt>おくじょう</rt></ruby>から遠くの山が（　　　　）。

(11) 眼鏡を掛けて見ると小さい字がよく（　　　　）。

(12) 日曜日は田舎<ruby>田舎<rt>いなか</rt></ruby>へ行って景色<ruby>景色<rt>けしき</rt></ruby>を（　　　　）。

(13) 山の上から（　　　　）と、綺麗な杉林<ruby>杉林<rt>すぎばやし</rt></ruby>が（　　　　）。

(14) 大肚山<ruby>大肚山<rt>だいとざん</rt></ruby>の上から台中市を（　　　　）と台中市全体<ruby>全体<rt>ぜんたい</rt></ruby>が黒く<ruby>黒<rt>くろ</rt></ruby>（
　　　　）。

(15) 都会<ruby>都会<rt>とかい</rt></ruby>の空気は大変（　　　）ています。

(16) 山の上の空気は大変（　　　）でいます。

(17) 毎月3，000元（　　　　）。
　　　　　　要存起來

(18) もう60，000元（　　　　）ています。

(19) ごみの溜<ruby>溜<rt>た</rt></ruby>まり場<ruby>場<rt>ば</rt></ruby>はぷんぷん悪い（　　　　　　）。

(20) この花はいい匂いが（　　　　）。

(21) このピアノはいい音<ruby>音<rt>ね</rt></ruby>が（　　　　）。

(22) この料理はいい味<ruby>味<rt>あじ</rt></ruby>が（　　　　）。

(23) 運動した後<ruby>後<rt>あと</rt></ruby>はいい気持<ruby>気持<rt>きも</rt></ruby>ちが（　　　　）。

上手なのに、あまり話しません。

陳さんは世界外語塾に通っています。

陳さんは日本語が上手なのに、あまり話しません。

劉さんは日本語塾に通っていません。

劉さんは日本語が下手なのに、よく話します。

蔡さんは若いのに、あまり元気がありません。

蔡さんは運動をしていません。

張さんは若いから、大変元気があります。

張さんは毎朝運動をしています。

ブラウンさんは体が大きいから、力があります。

ブラウンさんはいい体をしています。

ジョンさんは体が小さいのに、力があります。

ジョンさんはいい体をしていません。

今日は日曜日なのに、山本さんは学校へ行きました。

彼は何か用事があるのかも知れません。

私が挨拶をしたのに、先生は黙っていました。

気がつかなかったのかも知れません。

課文中譯

陳先生在唸世界外語補習班。

陳先生雖然日語很棒，卻很少講。

劉先生沒有上日語補習班。劉先生雖然不怎麼樣，但是常常講。

蔡先生雖然年輕，卻沒有體力。

蔡先生沒有運動。

張先生因為年輕，所以很有體力。

張先生每天早上都在運動。

伯朗先生因為身材高大，所以很有力氣。

伯朗身材很魁梧。

約翰先生雖然身材矮小，但是有力氣。

約翰先生並無好的身材。

今天雖然是禮拜天，山本先生卻到學校去了。

也許他有什麼事。

我打了招呼了，老師卻默默無言。

也許沒有注意到。

〔文型〕

(1) 接續助詞（放在上下句子都是「用言」之中間。

如「| 用言 | のに、 | 用言 |」。）
　　　　　　　　　から、

| 連體形 | のに ＝ 表示逆接　作「雖然〜 { 却 但 } ……。」解釋。

| 終止形 | から ＝ 表示順接　作「因為〜所以……。」解釋。

※若上句是名詞、代名詞，須加だ或な。

雨が降る ⎰ から、傘を差して出た。

（因為下著雨，所以撐著雨傘出去。）

のに、傘を差して出なかった。

（雖然下著雨，但並沒撐雨傘就出去了。）

寒い ⎰ から、オーバーを着た。

（因為天氣冷，所以才穿了大衣。）

のに、オーバーを着なかった。

（雖然天氣冷，但並沒穿大衣。）

疲れた　｛から、休んだ。　　　　　　（因爲累了，所以才休息了。）
　　　　｛のに、休まなかった。　　　　（雖然累了，但並没休息。）

綺麗　｛だから、沢山買った。　　　　（因爲漂亮，所以才買了很多。）
　　　｛なのに、買わなかった。　　　（雖然漂亮，但没有買。）

まだ子供｛だから、分からない。　　（因爲還是小孩，所以不懂。）
　　　　　｛なのに、分かる。　　　　（雖然還是小孩，但已經懂了。）

(2)　いい｛体｝をしている。　　　　　運動｛をしている。
　　　　｛顔｝　具有某種｛身材　　勉強｛　正做某種事。
　　　　　　　　　　　　　　｛面孔　　仕事｛
　　　　　　　　　　　　　　｛性格

俳優は大抵いい体といい顔をしています。

　　　　（明星通常都具有好身材與好面孔。）

運動選手｛は必ずいい体をしています。

モデル　｛

　　　｛運動選手｝一定具有好身材。
　　　｛模特兒　｝

(3)　受かる　｛かも知れません。　＝　也許｛會考上。
　　行く　　｛　　片語。也許、　　　　｛會去。
　　来る　　｛　　may be　　　　　　　｛會來。
　　分かる　｛　　　　　　　　　　　　｛懂。
　　何かあるの｛　　　　　　　　　　　｛有某事。

－107－

〔練習問題〕

(一) 中文譯日文

(1) 這個孩子已經上幼稚園了。

(2) 我每天上日語補習班。

(3) 我雖然會講日語，但很少講。

(4) 他日語並不好，但常常講。

(5) 今天很熱，但他却穿西裝出去了。

(6) 台灣很熱，所以我很少穿西裝。

(7) 台灣很熱，所以我常去游泳。

(8) 長春游泳池之水很乾淨，所以我常去那裏游。

(9) 劍道會使動作敏捷，所以我才練劍道。

(10) 因爲每天都要跑長跑，所以早上都很早起床。

(11) 我今天雖然跑了10公里了，但是並没疲倦。

(12) 他雖然身材魁梧，但並没力氣。

(13) 他雖然没具備好身材，却很會運動。

(14) 今天是禮拜天，我哥哥却到公司去。

(15) 也許有某些事。

(16) 我向她打了招呼了，她却默默無言。

(17) 也許没有注意到。

(二) 塡充

(1) 雨が降っていない（　　　）、彼は傘を差して出ました。

(2) 日が（　　　）ているからでしょう。

(3) 雨が降っている（　　　）彼は傘を差して出ました。

(4) 風が強い（　　　）窓を締めました。

(5) 埃が入る（　　　）窓を締めました。

(6) 埃が入る（　　　）窓を締めません。

(7)　お金を溜めた（　　　）お金が溜まりました。

(8)　お金を溜めて（　　　）お金が溜まりません。

(9)　日曜日（　　　）そんなに早く起きなくてもいいです。

(10)　日曜日（　　　）父は早くうちを出ました。

(11)　山の上の空気は（　　　）暇な時は山へ行きます。

(12)　都会の空気は（　　　）休日はなるべく山へ行きます。

(13)　値段が安い（　　　）すぐ壊れます。

(14)　値段が安い（　　　）中々壊れません。

(15)　運動をしている（　　　）病気をしません。

(16)　運動をしている（　　　）病気をしました。

(17)　日本語が（　　　）よく話します。

(18)　日本語が（　　　）あまり話しません。

(19)　体が丈夫（　　　）疲れません。

(20)　体が丈夫（　　　）すぐ疲れます。

ベッドが置いてあります。

　ここは茂盛さんの部屋です。勉強部屋です。日がよく当たって、明るくて、清潔な部屋です。南を向いているので、日がよく当たるのです。

　窓の側には、勉強机と椅子が1つずつ置いてあります。その側にベッドが1つ置いてあります。ベッドの上には蒲団や枕や毛布などが載せてあります。ベッドの下にスリッパーが1足とジョギングシューズが2足置いてあります。

　壁には地図が張ってあります。その側に緑の黒板が1つ掛けてあります。黒板には白墨で何か字が書いてあります。

　天井には電灯が吊してあります。今、電灯はつけてあります。

　部屋の隅に箪笥があります。箪笥の引き出しには鍵が掛けてあります。

課文中譯

　　這裏是茂盛先生的房間，是讀書房間。陽光能充分照進來，光亮而清潔的房間。因爲朝向南邊所以才陽光充足。

　　窗戶旁邊放著讀書桌子和椅子各有一個，在那旁邊放著一張牀。牀上堆放著棉被、枕頭以及毛毯等。牀下放著拖鞋一雙以及慢跑鞋兩雙。

　　牆壁上貼著地圖。那旁邊掛著一塊黑板，黑板上用粉筆寫著某些字。

　　天花板下吊著電燈。現在電燈是開著的。

　　房間角落有衣櫥。衣櫥抽屜有鎖著。

〔文型〕

(1) 連濁音：漢字之前面若加另一個漢字，那麼下面的漢字就唸成濁音
，稱爲「連濁音」。

$$
\left\{ \begin{array}{l} 部屋 \\ 勉強部屋 \end{array} \right.
\left\{ \begin{array}{l} 着る \\ 下着、運動着 \end{array} \right.
\left\{ \begin{array}{l} 歯 \\ 虫歯 \end{array} \right.
$$

$$
\left\{ \begin{array}{l} 机 \\ 勉強机 \end{array} \right.
\left\{ \begin{array}{l} 醒める \\ お目醒め \end{array} \right.
\left\{ \begin{array}{l} 木 \\ 苗木 \end{array} \right.
$$

$$
\left\{ \begin{array}{l} 靴 \\ 運動靴 \end{array} \right.
\left\{ \begin{array}{l} 葉 \\ 若葉 \end{array} \right.
\left\{ \begin{array}{l} 腰 \\ 逃げ腰 \end{array} \right.
$$

(2) 贅語 （多餘之單語，則不説也會明白的，若説出來，那麼，該語
就成爲「ぜいご」。）

ここは茂盛さんの部屋です。……………第1句

（この部屋は）勉強部屋です。…………第2句

這個部份以不説爲好，若説出來，就成爲「贅語」。

あそこに学校があります。

（あれは）東海大学です。

贅語

ここに日本語の本があります。

（これは）先生の本です。

贅語

私は日本語を勉強しています。

（私は）日本へ行きたいからです。

贅語

　　　　　　　　当たっ　　　　明るく　　　　　清潔な　　部屋
(3)　　動詞連用形　て　形容詞連用形　て　形容動詞連體形　名詞　です。

　　　　　　　接續助詞，「而」。

活用形（語尾之變化形）

品　詞	名　　稱	語尾	未然形	連用形	終止形	連體形	假定形	命令形
当たる	ラ行五段動詞	る	ら ろ	り っ	る	る	れ	れ
明るい	形　容　詞	い	かろ	かっ く	い	い	けれ	○
清潔だ	形容動詞	だ	だろ	だっ で に	だ	な	なら	○

(4)　　他動詞連用形　てあります。
　　　（人對於某物做完某種動作之後所留下之狀態。）

(a)　壁に地図を張　る。　　　（要把地圖貼在牆壁上。）

　　　　　　　　っている。　　（正在把地圖貼在牆壁上。）

　　　　　　　　った。

　　　動作　　りました。　　（人把地圖貼好在牆壁上了。）

　　　　　　動作完之後某處所留下之狀態
　　　　　　　　　　↓

　　　壁に地図が張ってあ　る。
　　　　　　　　　　　　　ります。　　（牆壁上有貼著地圖。）

(b)　壁に黒板を掛け　る。　　　（要把黑板掛在牆壁上。）

　　　　　　　　ている。　　（正在把黑板掛在牆壁上。）

　　　　　　　　た。

　　　動作　　ました。　　（人把黑板掛好在牆壁上了。）

$$\overset{\displaystyle \sim\!\!\sim\!\!\sim\!\!\sim\!\!\sim\!\!\sim\!\!\sim}{動作完之後某處所留下之狀態}$$

↓

壁に黒板が掛けてあ $\left\{\begin{array}{l} る。\\ ります。\end{array}\right.$ （牆壁上有掛著黑板。）

(5) $\boxed{自動詞連用形}$ てい $\left\{\begin{array}{l} る。\\ ます。\end{array}\right.$

（某物現有之狀態，分爲①人爲的；②自然現象的。）

①之情形

上述「掛ける」有相對應之自動詞「掛かる」。

人が黒板を壁に掛けると $\left.\begin{array}{l} \\ \underset{他動詞}{\sim\!\sim\!\sim\!\sim}\\ 黒板が壁に掛かる。\\ \underset{自動詞}{\sim\!\sim\!\sim\!\sim} \end{array}\right\}$ （人若把黑板掛在牆壁上，牆壁上，黑板就掛上了。）

「黒板が壁に掛かっています。」（屬於人爲之狀態。）等於上述句「黒板が壁に掛けてあります。」（人爲之狀態，用他動詞表示就很明顯。）

但若説：「木の枝に $\left\{\begin{array}{l} 布\\ 紙 \end{array}\right\}$ が掛かっています。」

　　　　（人爲或非人爲不清楚。）

那麼，就看不出是人爲或布、紙是由某種物理現象（如被風吹）而造成懸掛在樹枝上的。

若説：「木の枝に $\left\{\begin{array}{l} 布\\ 紙 \end{array}\right\}$ が掛けてあります。」

那麼，這種狀態一定是人爲的。

花が咲いています。

風が吹いています。

日が照っています。

空が｛晴れています。

　　　曇っています。

水が流れています。

埃<ruby>ほこり</ruby>が｛ついています。

　　　溜まっています。

芽<ruby>め</ruby>が出ています。

草が生えています。

自然現象（②之情形）

電灯がついています。

引き出しに鍵<ruby>かぎ</ruby>が掛<ruby>か</ruby>かっています。

ベッドの上に蒲団<ruby>ふとん</ruby>や枕<ruby>まくら</ruby>等<ruby>など</ruby>が載<ruby>の</ruby>っています。

机や椅子が並<ruby>なら</ruby>んでいます。

人爲的現象
（①之情形）

〔**外來語**〕

ベッド　bed　床

ジョギングシューズ　jogging shoes　慢跑鞋

スリッパー　slipper　在房間裏穿的薄底拖鞋

－114－

〔練習問題〕

（一）　中文譯日文

(1)　這裏是廖先生之房間，是讀書房間。

(2)　陽光充足光亮而清潔的房間。

(3)　因爲朝向南邊所以陽光充足。

(4)　房間角落放著一張桌子。

(5)　床下放著慢跑鞋。

(6)　床上放著棉被、枕頭、毛毯等。

(7)　黑板寫著很大的字。

(8)　電燈開著。

(9)　桌子上放著2本書。

(10)　房間裏排著桌子和椅子。

(11)　今天陽光普照。

(12)　牆壁上掛著黑板。

(13)　門有鎖著。

(14)　出門時都會鎖門。

(15)　牆壁上貼著地圖。

(16)　天花板下吊著電燈。

(17)　紙上好像有寫某些字。

(18)　抽屜裏好像有放某些東西。

（二）　塡充

(1)　この部屋は日がよく（　　　　　　）。

(2)　この部屋は日がよく（　　　）て明るいです。

(3)　明る（　　　）綺麗な部屋です。

(4)　黒板に（　　　）字が書いてあります。

(5)　紙には字が（　　　）ありません。

(6)　壁に黒板が（　　　）あります。

(7)　地図も（　　　）てあります。

(8)　椅子と机が沢山（　　　）てあります。

(9)　椅子と机が沢山（　　　）でいます。

(10)　戸はいつも鍵が（　　　）ています。

(11)　戸はいつも鍵が（　　　）てあります。

(12)　瓶の中には水が（　　　）ています。

(13)　瓶の中には水が（　　　）てあります。

(14)　部屋の隅にはベッドが（　　　）てあります。

(15)　廖さんは今、部屋の隅にベッドを（　　　）。

(16)　先生は今、黒板に字を（　　　）。

(17)　黒板に字が沢山（　　　）。

(18)　南を向いている（　　　）、日がよく当たります。

名詞 が出来ます。（會
能…………。）

張さんは日本語が出来ます。
張さんは英語も出来ます。
張さんは日本語も出来るし、英語も出来ます。
張さんは走ることも出来ます。
ピアノを弾くことも出来ます。
山に登ることも出来ます。
張さんは走ることもピアノを弾くことも山に登ることも出来ます。

許さんは日本語を話すことは出来ません。しかし、スペイン語を話すことが出来ます。
許さんは日本語は話せないが、スペイン語が話せます。

蔡さんはピアノを弾くことは出来ません。しかし、ギターを弾くことが出来ます。
蔡さんはピアノは弾けないが、ギターが弾けます。

顔さんは上手に日本語を話すことが出来ます。泳ぐことも出来ます。
顔さんは日本語も話せるし、泳げます。その上、テニスも上手です。

劉さんもテニスは出来ますが、顔さんほど上手ではありません。

張先生會說日語。
張先生也會說英語。
張先生既會說日語，又會說英語。
張先生也會跑。
也會彈鋼琴。
也能爬山。
張先生能跑、能彈鋼琴、能爬山。

許先生不會說日語。可是，能說西班牙語。
許先生雖然不會說日語，但是能說西班牙語。

蔡先生不會彈鋼琴。可是，能彈吉他。
蔡先生雖然不會彈鋼琴，但是能彈吉他。

顏先生能流利地說日語，又能游泳。
顏先生既能說日語，又會游泳。再加上，網球也打得很好。
劉先生也會打網球，但不能打得像顏先生那樣好。

〔文型〕 ぶんけい

(1)

任何動詞	ことができ	る。	能			
		ます。	會	………。	able to ～ / can ～	

話す はな	ことができる。		講	
飛ぶ と			飛、跳	
走る はし			跑、行駛	
歩く ある		能	走路	
泳ぐ およ			游泳	
書く			寫	
読む よ			看書、看報	
買う か			買	
得る え			得到	
見る			看	
行く い			去	
会う あ			見面	
考える かんが			思考	

除了表示能力之外，亦能表示機會。

(2) 可能動詞 （五段動詞變爲下一段動詞，均有「能～」之意。）

話すことができる。 → 話せる。 （能説，能講）
サ行五段 　　　　　　　 サ行下一段

飛ぶことができる → 飛べる 　（能飛，能跳）
バ行五段 　　　　　　　 バ行下一段

走ることができる。 → 走れる。 （能跑，能行駛）
ラ行五段 　　　　　　　 ラ行下一段

歩くことができる。 → 歩ける。 （能走路）

泳ぐことができる。 → 泳げる。 （能游泳）

書くことができる。 → 書ける。 （能寫字，能畫圖）

読むことができる。 → 読める。 （能看書，能看報紙）

買うことができる。 → 買える。 （能買）

(3) 上一段動詞
　　下一段動詞　　｝ られる。 （能……。）
　　カ行變格動詞

（注意：除了五段動詞之外，並無變爲下一段動詞（可能動詞）
之説法。）

見ることが出来る。 → 見られる。 （能看）
　　　　　　　　　　　　上一段未然形

得ることが出来る。 → 得られる。 （能得到）
　　　　　　　　　　　　下一段未然形

考えることが出来る。 → 考えられる。 （能思考）
　　　　　　　　　　　　　下一段未然形

来ることが出来る。 → 来られる。 （能來）
　　　　　　　　　　　　カ行變格未然形

(4) サ行變格動詞連體形ことができる。

「する」爲サ變動詞，它之「能……」之説法，只有「することが
できる。」。

勉強
運動
仕事
考慮(こうりょ)
テニス
マラソン
研究(けんきゅう)
商売(しょうばい)

} することができる。

(5) 〜 ほど （像 〜 那樣）
　　　表示程度之副助詞。

先生ほど話すことはできない。　　（不能説得像老師那樣好。）

飛行機ほど速くは飛べない。　　（不能飛得像飛機那樣快。）

日本人ほど上手に話せない。　　（不能説得像日本人那樣好。）

死(し)ぬほど辛(つら)い。　　（痛苦得要死。）

台湾ほど暑い所はない。　　（没有一個地方像台灣那樣熱。）

日本でも夏の暑さは台湾 { ほど / ぐらい } だ。

　　（即使是日本，夏天之熱度也是像台灣那樣。）

時間の大切さはお金 { ほど / ぐらい } だ。

　　（時間之寶貴，宛如金錢。）

この酒はウィスキー { ほど / ぐらい } 強い。

　　（這種酒，像威士忌酒那樣強烈。）

(6)　形容動詞　　上手 ┬ だ。…………終止形
　　　　　　　　　　　├ に　　[動詞]
　　　　　　　　　　　│ 連用形
　　　　　　　　　　　├ な　　[名詞]
　　　　　　　　　　　│ 連體形
　　　　　　　　　　　├ ではありません。
　　　　　　　　　　　└ 連用形

形容動詞	語　尾	未然形	連用形	終止形	連體形	假定形	命令形
上手 ┤ だ／です	（常體）だ	だろ	だっ／で／に	だ	な	なら	○
	（敬體）です	でしょ	でし／でで／に	です	な	でしたら／なら	○

　　　顔さんはテニス ┤が上手 ┬ だ。
　　　　　　　　　　　　　　　├ です。
　　　　　　　　　　　　　　　├ に打てます。
　　　　　　　　　　　　　└ の上手な人です。

　　　林さんはテニス ┤は ┬ 上手ではありません。
　　　　　　　　　　　　　├ 下手です。
　　　　　　　　　　　　　├ 上手に打てません。
　　　　　　　　　　　└ の下手な人です。

テニスが上手ならテニスが面白いです。
　　　　假定形
　　　（若網球打得好，打網球是很有趣。）

林さんは顔さんほどテニスが上手ではありません。
　　　　　　　　　　　連用形
　　　（林先生網球没有打得像顔先生那樣好。）

—121—

〔外來語〕

テニス	tennis	網球
ギター	guitar	吉他
ピアノ	piano	鋼琴

〔練習問題〕

(一) 中文譯日文

(1) 顔先生會日語。

(2) 顔老師日語很棒。

(3) 顔老師日語講得像日本人那樣棒。

(4) 廖先生也會日語，但不能講得像日本人那樣棒。

(5) 如果日語棒，説日語是覺得很有樂趣的。

(6) 會跑步的人，身體都很健康。

(7) 鳥不能飛得像飛機那樣高。

(8) 彈鋼琴會很難嗎？

(9) 我雖然不會彈鋼琴，但會吹口琴。（ハーモニカを吹く）

(10) 你會游泳嗎？

(11) 你能游得像教練那麼好嗎？（コーチ coach）

(12) 我還不能游得像教練那麼好。

(13) 他又會游泳，又會跑長跑。

(14) 我雖然能跑10公里，但不能游1,000公尺。

(10キロ、1,000メートル)

(二) 塡充

(1) 明日は彼に会う（　　　　）が出来ます。

(2) 毎日テレビを見る（　　　）が出来ます。

(3) 飛行機のおかげで遠くへ行く（　　　　）が出来るようになりました。

(4) 早く先生（　　　）上手になりたいです。

(5) スペイン語は日本語（　　　）上手ではありません。

(6) 山に登ることの効果はマラソン（　　　）ではありません。

(7) ピアノは弾け（　　　）、ギターが弾けます。

(8) ピアノを（　　　）ことはそれほど難しいことではありません。

(9) 日本語を（　　　）ことは英語ほど難しくはありません。

(10) 英語（　　　）世界に通用する言葉はないでしょう。

(11) 蛇の肉は食べ（　　　　　）。

(12) そんなに沢山は食べ（　　　　　）。

(13) そんなに早くは起き（　　　　　）。

(14) 土曜日は早くうちへ（　　　　　）。

(15) あなたは日本語が（　　　　　　）。

數詞 ぐらい

あなたのうちから学校までどのくらいかかりますか。

１時間ぐらいかかります。

駅まで何分ぐらいかかりますか。

駅は学校より近いです。そんなにかかりません。２０分ぐらいです。

学校は何時に始まりますか。

学校は午前８時に始まって、午後４時２０分に終わります。

何時間ぐらい勉強しますか。

７時間ぐらい勉強します。

昼休み時間が１時間半あります。１２時から午後１時半までです。

夜は何をしますか。

夜は大抵７時頃、晩御飯を食べて８時頃お風呂に入って、９時頃から１１時頃まで勉強をします。

勉強をしない日はありませんか。

大変疲れている日には、勉強をしないこともあります。そんな夜は大抵テレビを見て過ごします。

試験の前の日は、絶対にテレビを見ません。どんなに疲れていても勉強をします。

課文中譯

由你的家到學校要花多少時間？
要花 1 小時左右。
到車站要花幾分鐘左右？
車站比學校近。不必花那麼多的時間，大約花20分鐘。
學校幾點開始？
學校於上午 8 點開始，下午 4 點20分結束。
大約要讀幾小時？
大約要讀 7 小時。
午息時間有 1 個半小時。從12點到下午 1 點半。

晚上要做什麼？
晚上通常 7 點左右吃晚飯，8 點左右洗澡，從 9 點左右讀書，讀到11點左右。
沒有不讀書之日子嗎？
有時候很累的時候就不讀書。像這種日子，通常是看電視消耗時間。
考試前之日子，絕對不看電視，縱使再累也要讀書。

〔文型〕

(1)　數詞　ぐらい

表示 { 「程度」 「大約之數目」 } 之副助詞。

１時間ぐらい経ちました。　　（大約經過了１小時了。）

３００元ぐらいします。　　（大約值300元。）

学生が５０人ぐらいいます。　　（有大約50個學生。）

日本までは３時間ぐらいかかります。

　　（到日本大約要花３小時左右。）

１か月の食費は８０００元ぐらいです。

　　（１個月之伙食費大約８千元左右。）

６時間ぐらい寝ました。　　（睡了大約６小時。）

(2)　映画は夜７時に始ま { ります。そし { て、９時に終わります。 つ }

— 125 —

そして、 ＝ 接續詞，然後，而且。

て、 ＝ 接續助詞，然後，而且。

（把兩句接成１句）

電車は１０時に台中駅を出｛ます。そし｝て、１２時半に台南駅に着きます。

８才に学校に入｛りました。そし｝て、１４才の年に学校を出ました。

(3) どんなに｝ 動　詞
　　 如何に｝ 形容詞ても ＝ 縦使再〜也
　　　　　　　　　 接續助詞

どんな｝に 苦しくても一旦始めた仕事は完成させなければなりません。
如何

（縦使再痛苦，一旦著手之工作，必須要完成它。）

どんな｝に高くても必要な物は買わなければなりません。
如何

どんな｝に 時間がかかっても大事な仕事はやり遂げなければなりません。
如何｝

（縦使再花時間的工作，重要的工作必須完成它。）

(4) どんなに｝
　　 如何に｝ 名詞 でも ＝ 縦使再〜也
　　　　　　　 副助詞

どんな｝に子供でもこれぐらいの事は分かります。
如何

（縦使是孩子，也知道這麼簡單之事。）

－126－

どんな｝に暇でも暇潰しはしません。

如何｝

　　　（縱使再閒也不會做消耗時間之事。）

(5)　〜 こともあります。　（有時候也……。）

大抵7時に起きますが、6時に起きることもあります。

　　　（通常7點起床，但有時候也會6點起床。）

日曜日は大抵教会へ行きますが、行かないこともあります。

　　　（禮拜天通常去教會，但有時候也不去。）

(6)　絶対に｝する。　　（絶對｝要做。　　｝）
　　　副詞　｝しない。　　　　　　｝不要做。｝

absolutely , positively ; by all means ; never （絶対に……ない。）

きみは絶対に間違っている。　（你絶對錯誤。）

(You are absolutely wrong.)

絶対に勝ってみせる。　（一定贏給你看！）

(I will win by all means.)

そんなことは絶対にあり得ない。　（那種事，絶對不可能。）

(That sort of thing could never happen.)

(7)　名詞｝
　　　〜　｝頃 ＝ 〜 左右
　　　時刻｝

3時頃着きました。　（3點左右到達。）

昼頃雨が降りました。　（中午的時候下雨了。）

夕方頃雨が止みました。　（傍晚時雨停了。）

6時頃うちへ帰ります。　（6點左右要回家。）

7月頃日本へ行きます。　　（7月左右要去日本。）

注意：①最近很多日本人説「3時ぐらいに」這種説法，從前是錯
　　　誤的。
　　　②没有「朝頃」「夜頃」之説法。因爲「朝」「夜」之時間
　　　都很長，不適合用「ごろ」來講。

〔練習問題〕

(一) 中文譯日文

(1) 由你家到學校要多久之時間？

(2) 由我家到學校坐公車約需30分鐘。

(3) 搭計程車就不要這麼多之時間。

(4) 學校幾點開始幾點結束？

(5) 中午休息多久？

(6) 中午休息1個半小時。

(7) 你禮拜天都做什麼事？

(8) 禮拜天通常都去教會。

(9) 通常都去教會，可是有時候不去。

(10) 你晚上讀書由幾點讀到幾點？

(11) 通常是由晚上8點讀到11點。

(12) 累時有時候不讀。

(13) 考試前絕對不看電視。

(14) 暑假都在游泳過日子。

(15) 幾乎沒有不游泳之日子。（殆んど、almost）

※注意：幾乎每天；ほとんどいつも；almost always.

(二) 填充

(1) この仕事は1週間（　　　）かかります。

(2) 私のうち（　　　）会社（　　　）タクシーで半時間ぐらいかかります。

(3) 夏は6月（　　　）8月末（　　　）です。

(4) 会社は午前8時に（　　　）、午後5時に（　　　）。

(5) 何時間（　　　）働きますか。

(6) 夜は（　　　）11時頃寝ます。

(7)　疲れている時は勉強をしないこと（　　　　　　　　　）。

(8)　この仕事は（　　　）、月末までに完成させなければなりません。

(9)　どんな事があっても私は（　　　）、悪い事はしません。

(10)　どんなに疲（　　　）必ず勉強をします。

(11)　昼（　　　）雨が降って来ました。

(12)　毎日8時間（　　　）働きます。

(13)　3月（　　　）桜の花が咲きます。

(14)　お風呂に（　　　）てから晩御飯を食べます。

(15)　どんなに暑い日（　　　）運動をします。

(16)　どんなに寒（　　　）泳ぎに行きます。

……しか泳げません。（只能游……。）

今朝は早く起きました。日曜日は大抵6時半頃起きてジョギングをします。10年前にジョギングを始めたのですが、最初は100メートルも走れませんでした。今では、10キロを1時間ぐらいで走れるようになりました。忙しいので、毎日走ることはできませんが、それでもなるべく休まずに走ろうと思っています。

ジョギングの外に、水泳も私の大好きな運動です。子供の頃から少し泳げたのですが、平泳ぎしか泳げませんでした。それが今では、クロールが30メートルぐらい泳げるようになりました。まだ遠く泳げませんが、それでも、大変嬉しく思っています。

子供の頃からやっている運動のもう1つに、剣道があります。剣道は習い始めた頃（小学校5年生）からとても好きで中学まで続けていたのですが、相手がいないと出来ない運動なので、中学を出るとずっと中断していました。それが12年前或る機会から又始めることが出来て大変よかったと思っています。今では、毎日曜日の朝、9時頃から12時頃まで10人ぐらい集まってやっています。おかげで、体が大変丈夫になりました。勉強だけでなく、運動もしっかりやりましょう。

今天早上早起了。禮拜天通常於6點半左右起床做慢跑。10年前開始練慢跑，但是最初連100公尺都跑不動。現在已經可以以1小時之時間跑10公里。因為很忙，不能每天跑，但即使是這樣，我想儘量不停地繼續跑。

除了慢跑，游泳也是我很喜歡的運動。雖然孩子的時候就會游一點，但只能游蛙式。可是現在已經會游自由式30公尺左右。雖然還不能游得遠，我還是覺得很高興。

從孩子時候就做之運動，尚有一項是劍道。劍道從開始學的時候（小學5年級）就很喜歡，一直繼續練到中學的時候，但，因此項運動沒有對手就不能做，所以中學一畢業就中斷了。可是12年前，由於某種機會又能開始，現在想實在覺得運氣很好。現在，每禮拜天上午從9點左右到12點左右有10個人左右的人來聚在一起練習。托劍道之福現在身體變成很強壯。不僅讀書，我們也要好好做運動。

〔文型〕ぶんけい

⑴ ……… を始め ┌ る。　　人開始做……。　（begin, start）
　　（他動詞）　└ た。

① 彼は仕事を始めた。（他開始工作了。）

He ┤ began / started ├ his work.

② さあ、5課から始めましょう。（好！由第5課開始上吧！）
Well, let's begin at Lesson Five.

③ 新しい商売（しょうばい）を始める。　（要開始做新生意。）
start a new business.

④ ゴルフを始める。（要開始 ┤ 打 / 學 ├ 高爾夫球。）

take up golf.

⑤ 雪（ゆきふ）が降り始めた。（開始下雪了。）It ┤ began / started ├ to snow.
　　　複合動詞

⑥　彼女は私をも疑い始めた。　　（她連我也開始懷疑了。）

She began to suspect even me.

※①②③④句都是「人開始做某事」。

　　⑥句也是「人開始……」，惟在此，「始める」與「疑う」結成「複合動詞」。

　　⑤句則異於其他5句，⑤句之「始める」係與自動詞「降る」結成「複合動詞」。

　　⑤句並非「人開始做某事」，而是「自然界之動作(亦可現象)」。我們可以由⑤句與⑥句瞭解，凡是「開始……」都用他動詞「始める」來結成複合動詞，而不會由自動詞「始まる」來結成「複合動詞」。

(2)　………が始ま　る。　　　（……事開始了。）
　　　　　　　　　　　　った。

　　　　↑
　　　（自動詞）

注意：「始まる」不會和其他動詞結成「複合動詞」。

会議は2時間前に始まった。　　（會議於兩小時前就開始了。）

(The meeting { began / started } two hours ago.)

その番組は8時30分から始まります。

　　　（那個節目將由8點30分開始。）

(The program { begins / starts } at eight thirty.)

ビルの建設が2月に始まる。　　（大樓之新建將於2月開始。）

(Construction of the building will { start / begin } in February.)

けんかはささいな事から始まった。（吵｜架由很小的事開始了。）
　　　　　　　　　　　　　打｜

(The fight started from a trifle.)

学校は午前8時に始まる。

(School begins at 8 a.m.)

(3)　初め｜て。　　　第一次　(first ; for the first time)
　　　　　｜まして。

此動詞易與「始める」混淆，須注意。

彼に初めて会ったのはいつですか。

　　　（你什麼時候第1次跟他見面？）

(When did you first meet him?)

奈良は今回が初めてです。　　（奈良是此次第1次。）

(This is the first time that I've visited Nara.)

私は生まれて初めてスキーをした。　　（我第一次滑雪了。）

(I skied for the first time　(in my life.))

あんなひどい映画は初めてだ。　（那麼差的電影是第1次看的。）

(That was the most terrible movie that I'd ever seen.)

初めまして。　　（第1次見面時之彼此的打招呼。）

　　　（第1次見面，請多多指教。）

(4)　今では　　（現在已經不同）
　　　今でも　　（現在仍然一樣）

台中は昔は人口4万ぐらいの小さい都市でしたが、今では人口
100万の大都会です。

　　　（現在已經是人口百萬之大都市。）

子供の頃は体が弱かったのですが、今では大変丈夫になりました。

－134－

　　　　　（現在已經變成很強壯。）

私は今でも日本語の勉強を続けています。

　　　　　（現在仍然繼續讀日語。）

農業は今でも大切な産業です。（農業現在仍然是重要的產業。）

(5)　□動詞終止形□　ようになりました。　（用「動詞」表示變化。）

１０キロ走れるようになりました。（現在已經可以跑10公里了。）

５００メートル泳げるようになりました。

　　　　　（現在已經可以游500公尺了。）

日本の映画が見られるようになりました。

　　　　　（現在已經可以看到日本電影了。）

地下鉄が走るようになりました。　　（現在地下鐵已經通了。）

外国へ行けるようになりました。　　（現在已經可以去外國了。）

(6)　それが…………。
　　しかし、……。　｝可是現在……。

昔は車が少なかったです。｛それが　｝今では１つの家庭に１台
　　　　　　　　　　　　｛しかし、｝

あるぐらいになりました。

　　　　　（可是現在幾乎每１戶都有１輛車。）

子供の頃はいつも風を引いていました。｛それが　｝今では１０
　　　　　　　　　　　　　　　　　　　｛しかし、｝

年も風を引いたことがありません。

　　　　　（可是現在10年都沒有感冒過。）

(7)　おかげで。　　　（托福。）

－135－

お元気ですか。はい、おかげで元気です。

運動をしました。おかげで体が丈夫になりました。

(8) 〜 だけでなく、……… （不僅 〜 ，又……。）

勉強だけでなく、運動もしなければならない。

日本だけでなく、アメリカへも行った。

お金だけでなく、地位もある。

優^{やさ}しいだけでなく、力^{ちから}もある。　（不僅溫柔，也有力氣。）

(9) それでも　　（即使是這樣）　　still , nevertheless

雨が降っていた。それでも、私は泳ぎに行った。

　　（即使是這樣，我還是去游泳了。）

お金がない。それでも、私は家^{いえ}を買おうと思っている。

　　（即使是這樣，我還是想買房子。）

〔外來語〕

　crawl　クロール　自由式游法

　　　　　（本爲「爬行」之意。）

〔練習問題〕

（一） 中文譯日文

(1) 我通常於6點起床跑慢跑。

(2) 10年前開始慢跑。

(3) 開始時連100公尺也跑不動。

(4) 現在已經可以跑10公里了。

(5) 現在已經可以游自由式了。

(6) 現在已經是人口100萬之大都市了。

(7) 開始時只會游蛙式。

(8) 開始時只會跑100公尺。

(9) 即使是這樣，我還是不停止地在跑步。

(10) 即使是這樣，我還是不停止地在練習。

(11) 即使是這樣，我還是不停止地在讀日語。

(12) 我雖然不能游得很遠，但還是覺得很高興。

(13) 除了游泳之外，劍道也是我所喜歡之運動。

(14) 除了禮拜天之外，我都不在家。

(15) 開始學習時就很喜歡。

(16) 中學畢業後就中斷了。

(17) 我覺得運氣很好。

(18) 我覺得當時開始學日語是對的。

(19) 每禮拜天大約聚集10人左右在練習。

(20) 不僅讀書，也要運動。

(21) 不僅要唸日語，也要唸英語。

（二） 填充

(1) まだ５０メートル（　　　）泳げません。

(2) まだ６００メートル（　　　）走れません。

(3) 学生はまだ5人（　　　）いません。

(4) アメリカへは1度（　　　）行きませんでした。

(5) 子供は1人（　　　）ありません。

(6) 日本語の字引は1冊（　　　）ありません。

(7) 昔は泳げませんでした。しかし、（　　　）50メートル泳げるようになりました。

(8) 昔は10キロ走れませんでした。それが（　　　）10キロ走れるようになりました。

(9) 最初は慣れませんでしたが、（　　　）大変上手になりました。

(10) 日本へ何回も行きましたが、（　　　）行きたいと思っています。

(11) お金が少ししかありませんが、（　　　）家を買いたいと思っています。

(12) とても勉強をしました。（　　　）、日本語が上手になりました。

(13) 日本語を習って（　　　）と思っています。

(14) 剣道は相手が（　　　）と出来ません。

(15) 勉強（　　　）、運動もしっかりやりましょう。

動詞未然形

ないで （不〜而……。）
ないと （不〜的話。）

　今日は運動しないで朝御飯を食べました。朝寝坊をしたのです。早く学校へ行かないと学校に遅れます。

　毎朝、停留所でバスに乗ります。学校まで４０分ぐらいかかります。バスはいつも大変込んでいます。立っている人が座っている人より多いぐらいです。

　学校の近くまで来ると降りる人がだんだん出て来ましたので、少しずつ空いて来ました。学校の近くの停留所でバスを降りて学校へ駆け込みました。

　８時１０分に１時間目の授業が始まります。先生はいつものように、皆に本を読ませました。１人ずつ読ませます。読めない人があると、先生は大変怒ってその学生を叱ります。その学生は叱られて泣きそうになります。叱られる人は、大抵決まっています。

　勉強の出来ない学生は、先生に好かれません。でも、先生にも好き嫌いがあるようです。

　授業は午後４時２０分に終わります。終わるとすぐ鞄を肩にかけて校門を出ます。来る時と同じように、又、バスに乗って帰ります。家に着くのはいつも６時頃です。夏はまだ明るいですが、冬はもう大変暗くなっています。

課文中譯

今天沒做運動就吃了早飯了。因為起不來。不早點去學校就會遲到。

每天早上在招呼站搭公車，到學校約需40分鐘。公車經常很擁擠。站著的人幾乎比坐著的人還多。

一到學校附近，要下車的人就漸漸多起來，所以漸漸地空出來了。在學校附近的招呼站下車，跑進去學校了。

8點10分第1堂課會開始。老師如往常讓大家唸書。叫每一個人，一次一個人唸，若遇有不會唸的人，老師就很生氣罵那個學生，那位學生被罵得幾乎要哭出來，會被罵的人，通常都是固定的一些人。

不會讀書的人，不會被老師喜歡，不過，老師好像也有偏心。

授業是於下午4點20分結束，一下課就馬上把書包掛在肩膀上走出校門。又跟來校時同樣地搭公車回家，到家經常都是6點左右，夏天天還亮，但是冬天，已經天很黑了。

〔文型〕

(1) 御飯を食べないでお粥を食べます。 （不吃飯而吃稀飯。）

運動をしないで勉強をします。 （不運動而要讀書。）

お金を使わないで溜めます。 （不用錢而把錢存起來。）

学校へ上がらないで就職をします。 （不上學校而就業。）

(2) 運動をしないと体が弱くなります。（不運動的話，身體會衰弱。）

早く行かないと遅れます。 （不早一點去的話，會遲到。）

お金を溜めないとお金が溜まりません。

　　　（不存錢的話，錢不會多起來。）

努力をしないと成功しません。 （不努力的話，不會成功。）

日本へ行かないと日本のようすが分かりません。

　　　（不去日本就不瞭解日本的情形。）

(3) ………ぐらいです。 （幾乎是……。） （大都用於「反常現象」）

立っている人が多いぐらいです。 （幾乎是站的人比較多。）

受かる人が多いぐらいです。　　（幾乎是考取的人比較多。）

車が人より多いぐらいです。　　（車子幾乎比人多。）

休んでいる日が働いている日より多いぐらいです。

　　　　（請假的日子幾乎比上班的日子多。）

大学出が小学出より多いぐらいです。

　　　　（大學畢業的人，幾乎比小學畢業的人多。）

(4)　叱 { る。
　　　{ られる。　　　（會被罵。）
　　　　　「被動」之助動詞。

| 五段　未然形 | | れ { る。 / ます。 | ………… | 怒 { る。（比「叱る」強） / られる。＝會被罵 |

父に怒られた。

| 上一段 | | …………………… | 見 { る。 / られる。＝會被看 |

手紙を見られた。

| 下一段 | 未然形 | られ { る。 / ます。 | ……食べ { る。 / られる。＝會被吃 |

魚は猫に食べられた。

| カ行變格 | | ………来られる。＝（不歡迎之時候）某人來。 |

友達に来られて勉強が出来なかった。

　　　　這種被動，稱爲「迷惑の受身」。

　　　　（由於朋友來，以致於没能讀書。）

雨に降られて遅れた。　　（由於遇到雨遲到了。）

妻に死なれて大変悲しんだ。　　（由於太太死了，很傷心了。）

(5) 　$\boxed{五段未然形}$　せる
　　　　　　　　　　　make……do.
　　　　　　　　〰〰
　　　　　　　「使役」之助動詞

　　　　学生に本を $\begin{cases} 買わせる。 & （叫學生買書。） \\ 読ませる。 & （叫學生唸書。） \end{cases}$

　　　$\boxed{\begin{array}{l} 上一段未然形 \\ 下一段未然形 \\ カ行變格未然形 \end{array}}$　させる。
　　　　　　　　　　　　　　　　　〰〰

　　　　　　子供に早く起きさせる。　（叫孩子早起。）
　　　　　　　　　　　　　　〰〰
　　　　　　子供に野菜を食べさせる。　（叫孩子吃菜。）
　　　　　　　　　　　　　　　〰〰
　　　　　　学生に学校に来させる。　（叫學生來學校。）
　　　　　　　　　　　　こ〰〰

　　する　（サ行變格）
　　↓

　　さ　せる
　〰　〰〰
　未然形　使役

　子供達にもっと勉強させる必要がある。（有必要叫孩子們更用功。）
　　　　　　　　　　　〰〰
　(We need to make our children study harder.)

(6) 被迫 〰 ＝ せられ $\begin{cases} る。 \\ ます。 \end{cases}$

　　先生は学生に本を読ませ $\begin{cases} る。 \\ ます。 \end{cases}$　　（老師叫學生唸書。）

　　学生は先生に本を読ませられ $\begin{cases} る。 \\ ます。 \end{cases}$　（學生被老師強迫唸書。）

無論是「五段せる」
　或是「上一段させる」
　　　「下一段させる」
　　　「カ變させる」
均係屬於下一段動詞型之助動詞，故所接之被動助動詞仍以「られる」爲之。

故不管任何動詞其句尾均以「～せられ｛る。　結束。
　　　　　　　　　　　　　　　　　ます。」

先生は学生に本を買わせ｛る。
　　　　　　　　　　　ます。　（老師叫學生買書。）

学生は先生に本を買わせられ｛る。
　　　　　　　　　　　　　ます。　（學生被老師強迫買書。）

工員は課長に仕事をさせられ｛る。
こういん　かちょう　しごと　　　ます。　（工人被課長強迫工作。）

学生は先生に日曜日に学校に来させられ｛る。
　　　　　　　　　　　　こ　　　　　　ます。

　（學生於禮拜天被老師強迫到學校來。）

⑺　具有「使役」意思之「他動詞」。

「読ませる」爲五段動詞未然形「読ま」接使役助動詞「せる」而成。「せる」之英文表記爲「seru」，今使它之母音「e」脱落，則成爲「su」（す），故「読ませる」可變爲「読ます」，仍然具有「叫人唸」之意思。此類動詞可稱爲「具有使役意思之他動詞」，均屬於「サ行五段動詞」，其「被迫」形，則成爲「される」。

本を｛読まされ｛る。　　（被迫唸書。）
　　　　　　　ます。
　　　買わされ｛る。
　　　　　　　ます。　　（被迫買書。）

学校まで｛歩かされる。　　（被迫走路到學校。）
　　　　　走らされる。　　（被迫跑步到學校。）

－143－

重い荷物を持たされる。　　　　　（被迫拿重的行李。）

辛い仕事をやらされる。　　　　　（被迫做辛苦的工作。）

長い時間待たされる。　　　　　　（被迫等很久。）

茶碗を洗わされる。　　　　　　　（被迫洗碗。）

(8)　□動詞連用形□　そう〜だ……（好像就要……，眼看著就要……。）

　　　　　　　↑　　になる　　　　look, seem, be likely

　　　　　　　　　な□名詞□

　　　　表示「樣態」之助動詞。

泣きそう〜だ。　　　　（好像就要哭出來了。）

　　　　　になる。　　　（變成要哭出來之樣子。）

　　　　　な人。　　　　（好像就要哭出來的人。）

雨が降りそう〜だ。（好像就要下雨。）　＝It is likely to rain.

　　　　　　　になった。　　　　　＝It looks like rain.

このボタンは取れそうだ。　　（這個鈕扣好像就要脱落了。）

(This button is coming off.)

(9)　□形　容　詞語幹□　そう〜だ。……（看起來好像……。）

　　　□形容動詞語幹□　↑　　だった。　　　　look, seem

　　　　　　「樣態」助動詞。

彼女は悲しそうだった。　　（她當時看起來好像很傷心之樣子。）

　　形容詞語幹　　　　　　(She looked sad.)

彼らは親切〜だ。　　（他們很親切。）　(They are kind.)

　　　↓　　　そうだ。（他們看起來很親切。）

　　形容動詞　　　　(They seemed to be kind.)
　　　語幹

－ 144 －

その問題は最初易しそうに見えた。

形容詞
語幹

（那件事起初看起來很容易。）

(At first sight the problem appeared to be easy.)

(10) 任何 {用言 / 終止形} そうだ。………（聽説……。）

「傳聞」助動詞

（聞くところによると。）　　I hear (that) ………

（……という事である。）　　I am told (that) ……

彼は会社を辞めたそうだ。　　（聽説他已辭掉公司了。）

助動詞終止形

(I hear that he quit the company.)

新聞によると円高はますます進むそうだ。

マ行五段

（據報紙所説，日圓昇値還會繼續進行。）

(The newspaper says that the yen rate will continue to rise.)

(11) 決ま {る。　　　　　（ラ行五段自動詞。）

っている。（ラ行五段自動詞之連用形（促音便之進行形。）

連用形　進行形　表示狀態。）
促音便

（經常都是；一定是；當然是。）

彼が勝つに決まっている。（當然是他會贏。）

(He is sure to win.)

夏は暑いに決まっている。（夏天當然很熱。）

(Summer is naturally hot.)

〔練習問題〕

(一)　中文譯日文

⑴　今天没吃飯就到學校來了。

⑵　今天没帶便當就到學校來了。

⑶　現在的年輕人不吃飯而要喝豆漿。

⑷　很多人不吃米飯而要吃麵。　（そば）

⑸　很多人不運動而要賭博。　（ばくち）

⑹　不運動身體就會衰弱。

⑺　不吃飯身體就不會強壯。

⑻　不讀書就不會成功。

⑼　不讀書就不能升學。　（上の学校へ上がる）

⑽　不努力就不會成功。

⑾　現在的人都不看電影而看電視。

⑿　站著的人幾乎比坐著的人多。

⒀　賭博的人幾乎比不賭博的人多。

⒁　車子幾乎比人多。

⒂　被罵的人都是一定的。

⒃　老師有偏見。

⒄　我對食物有偏見。

⒅　夏天下午 6 點還亮。

⒆　被老師強迫唸書。

⒇　被老師強迫買書。

(二)　填充

⑴　運動し（　　　）朝御飯を食べました。

⑵　学校へ行か（　　　）プールへ行きました。

⑶　お金を使わ（　　　）貯金します。

(4) バスはいつも大変（　　　　）でいます。

(5) バスを降りて急いで学校へ（　　　　）ました。

(6) 学校の近くまで来るとバスは（　　　　）空いて来ました。

(7) 読めない人が（　　　　）先生は大変怒ります。

(8) 先生は（　　　　）ように本を皆に読ませました。

(9) 読めない人は（　　　　）ています。

(10) 先生に叱られて（　　　　）そうになりました。

(11) 先生にも好き（　　　　）があります。

(12) 私は食べ物に対して（　　　　）があります。

(13) 勉強のできない学生は先生に（　　　　）ません。

(14) 鞄を肩に（　　　　）うちへ帰ります。

(15) 夏はまだ明るいですが、冬は（　　　　）なっています。

(16) 先生は学生に黒板に出て字を（　　　　）ます。

(17) 雨が降り（　　　　）空模様になりました。

(18) この林檎はおいし（　　　　）。

(19) 新聞によると円高はまだ進む（　　　　）。

(20) 朝寝坊をしたので、学校に遅れ（　　　　）。

受与の動詞(1) （授受動詞）（物品之授受）

冠勝さんはお正月にお年玉を貰いました。

誰に貰いましたか。

お爺さんに貰いました。

お爺さんはいくら冠勝さんにお年玉をくれましたか。

お爺さんは3000円お年玉をくれました。

お父さんはくれませんでしたか。

父もくれましたが、それより少なくくれました。

1000円しかくれませんでした。

光弘さんは年末にお歳暮を目上の人に上げました。

何を上げましたか。

缶詰を1箱上げました。

光弘さんはお返しとして酒を1瓶頂きました。

お父さんはあなたに何か下さいましたか。

父は本をくれました。

私は父に本を貰いました。

おじさんはあなたに何か下さいましたか。

おじはお年玉を下さいました。

私はおじにお年玉を頂きました。

母は犬に御飯をやりました。

犬に御飯をやるのは母の仕事です。

課文中譯

冠勝君於過年時拿了壓歲錢。　　　　上司給了1瓶酒做為還禮。

向誰拿的？

向祖父拿的。　　　　　　　　　　　你爸爸有沒有給你什麼？

祖父給冠勝君多少壓歲錢？　　　　　我父親給了我書。

祖父給了我參仟元的壓歲錢。　　　　我向父親拿了書。

父親沒有給你嗎？

父親也給了我，不過給得比這個　　　你伯父有沒有給你什麼？

數目少。　　　　　　　　　　　　　我伯父給了我壓歲錢。

他只給我壹仟元。　　　　　　　　　我向伯父拿了壓歲錢。

光弘君於年底送禮物給上司。

給了什麼？　　　　　　　　　　　　我母親給了狗飯。

給了他1箱的罐頭。　　　　　　　　餵狗是母親的工作。

[文型]

(1) 受与の動詞　　（在台灣一般教授都用本人所寫於著作之「授受動詞」

　　　　　　　　名稱。本人進入研究所之後才發現原來日本學者也都

　　　　　　　　把這些動詞另闢一章，以「受与の動詞」處理。）

兩個人（或兩個團體）之間，若有物品之給與、接受，則用「受與
動詞」來表達。

① 給人時用　「上げる」「やる」。

② 向人拿時用　「頂く」「貰う」。

③ 人家給自己時用　「下さる」「くれる」

　　前面3語「上げる」「頂く」「下さる」是比較恭敬之説法。

　　後面3語「やる」「貰う」「くれる」是比較隨便之説法。

①之例子：

　　私は犬に御飯をやりました。　　（我以飯餵狗了。）

　　私は乞食にお金をやりました。　（我給乞丐錢了。）

　　私は弟に本をやりました。　　　（我給弟弟書了。）

　　先生は冠勝君に弁当をやりました。（老師給冠勝君便當了。）

私は目上の人にお歳暮を上げました。（我給上司過年禮物了。）

　　私は父にお金を上げました。　　（我給父親錢了。）

②之例子：

　　乞食は私 { に / から } お金を貰いました。　　（乞丐向我拿了錢。）

　　弟は私 { に / から } 本を貰いました。　　（弟弟向我拿了書。）

　　冠勝君は先生 { に / から } 弁当を頂きました。

　　　（冠勝向老師拿了便當。）

　　父は私 { に / から } お金を貰いました。　　（父親向我拿了錢。）

　　私は彼 { に / から } お歳暮を貰いました。（我向他拿了過年禮物。）

③之例子：

　　乞食「あの人は私にお金をくれました。」

　　弟「兄は私に本をくれました。」

　　冠勝「先生は私に弁当を下さいました。」

　　目上の人「彼は私にお歳暮をくれました。」

　　父「息子は私にお金をくれました。」

⑵　數字之寫法

　　直寫時用漢字，如　　　{ 参千円 } 或 { 壱千円 }；五人　三百人

　　横寫時用阿拉伯字，如　3,000円 或 1,000円；5人，300人

(3)　～しか、………　ません。
　　　　　　　　　　　　ない。

　　　　表示「限定」之副助詞，句尾一定接否定形。

アメリカへは１度しか行きませんでした。（只去過美國１次。）
子供は２人しかありません。　　（孩子只有兩個。）
貯金は５万円しかありません。　　（儲蓄只有５萬元。）

(4)　お歳暮 ＝ 年底所送之禮物。
　　　台灣話「黑西」係用此語而來。
　　　如「你有跟他「黑西」嗎？」
　　　很多台灣話都由日本語而來，如「齒毛」「阿沙利」「便當」
　　　等。

(5)　何か下さいましたか。　　（有沒有給你什麼？）
　　　何を下さいましたか。　　（給了你什麼？）

〔練習問題〕

(一) 中文譯日文

(1) 我給了弟弟1,000元。

(2) 弟弟向我拿了1,000元。

(3) 你哥哥給了你多少錢？

(4) 我哥哥給了我1,000元。

(5) 你姐姐給了你多少錢？

(6) 我姐姐沒有給我錢。

(7) 你的生日，他有沒有給你什麼？

(8) 是！他有給我禮物。

(9) 他給你什麼？

(10) 他給我一條領帶。

(11) 你過年有送禮物給上司嗎？

(12) 有！我有送過年禮物給上司。

(13) 你送了什麼過年禮物？

(14) 我送上司1盒罐頭。

(15) 你過年有收了壓歲錢嗎？

(16) 有！我伯父給我5,000元壓歲錢。

(17) 你父親也給了你壓歲錢嗎？

(18) 我父親沒有給我任何東西。

(二) 填充

(1) あなたはお父さんに何を（　　　）ましたか。

　　　　　　　　　　　　　　　　　給了

(2) お父さんはあなた｛に／から｝何を（　　　）ましたか。

　　　　　　　　　　　　　　　　　　拿了

─ 152 ─

(3)　息子さんはあなたに何を（　　　）ましたか。

給了

(4)　息子は私にお金を5,000円（　　　）ました。

給了

(5)　私は父にお金を5,000円（　　　）ました。

給了

(6)　母は犬に御飯を（　　　）ました。

(7)　乞食は私 { に / から } お金を100円（　　　）ました。

受与の動詞（2）（動作之授受）

冠勝さんは重い荷物を持っています。
あまり重いので、お父さんに持って貰いました。
お父さんは冠勝さんに重い荷物を持ってやりました。

バスが止まりました。おばさんが上がって来ました。純雄さんはすぐ立ち上がりました。そして、おばさんに席を譲って上げました。おばさんは純雄さんに席を譲って貰いました。

茂源さんは日本語で手紙を書きました。書き慣れていないので、先生に直して頂きました。先生は茂源さんの書いた手紙文を直してやりました。
茂源さんは何で出来る人に書いて貰わないのですか。
外の人に書いて貰うとお金を取られるからです。
いくらぐらい取られますか。
１０００円ぐらい取られます。

和子さんは時計が遅れるようになりました。それで、時計屋さんに見て貰いました。故障していました。和子さんは時計を時計屋さんに直して貰いました。時計屋さんは和子さんに時計を直して上げました。

冠勝先生拿著很重的行李。
因爲太重，所以請父親拿了。
父親替冠勝先生拿了很重的行李。

公共汽車停了。一位伯母上來了，純雄先生馬上站起來了。而且，把坐位讓給那位伯母了。那位伯母承受純雄先生讓坐位。

茂源先生用日語寫了信。因爲没有寫慣，所以請老師修改了。老師把茂源先生所寫的信給它修改了。

茂源先生爲什麽不請會寫的人寫呢？
因爲若請別人寫會被索取代價。
大約會被索取多少錢？
大約會被索取壹仟元。

和子小姐最近錶慢了。所以，請鐘錶店的人看了。原來是故障了。和子小姐請鐘錶店修理錶了。鐘錶店替和子小姐修理了錶。

〔文型〕

(1)　「受与の動詞」の動作に関する使い方

（有關於授受動詞，用於動作時之使用法。）

(A)　冠勝さんはお父さんに荷物を持って貰いました。

請人替自己做動作。

お父さんは冠勝さんに荷物を持って｜やりました。

（比較粗俗之説法。）

上げました。

（比較恭敬之説法。）

替別人做動作。

冠勝「父は私の荷物を持ってくれました。」

別人替自己做動作。

(B)　茂源さんは先生に手紙文を直して頂きました。

「～て貰いました。」之謙讓語。

（用於自己之動作）

先生は茂源さんに手紙文を直して│やりました。
　　　　　　　　　　　　　　　│上げました。

茂源「先生は私に手紙文を直して下さいました。

「〜てくれました。」之尊敬語。

(用於別人之動作)

〔六個授受動詞〕

貰う ＝ 頂く　　　（ 領取東西。　　　）
　　　　　　　　　　 承受動作。
（謙讓語）

やる ＝ 上げる　　（ 給與別人東西。　）
　　　　　　　　　　 替別人做動作。
（謙讓語，

　　　惟用得頻繁，故謙讓之意，變爲淡薄。）

くれる ＝ 下さる　（ 別人給自己東西。 ）
　　　　　　　　　　 別人替自己做動作。

(2)　複合動詞

(A)　兩個動詞結合在一起造成「複合動詞」，前面之動詞須用「連用形」。

立つ ＋ 上がる → 立ち上がる。　（自動詞＋自動詞）
　　　　　　　　　 連用形　　　　（站起來。）

持つ ＋ 上げる → 持ち上げる。　（他動詞＋他動詞）
　　　　　　　　　 連用形　　　　（拿起來。）

歩く ＋ 始める → 歩き始める。　（自動詞＋他動詞）
　　　　　　　　　 連用形　　　　（開始走路。）

やる ＋ 終える → やり終える。　（他動詞＋他動詞）
　　　　　　　　　 連用形　　　　（做完。）

(B)　動作性名詞 ＋ する → 複合動詞
勉強する。　（要讀書。）
運動する。　（要運動。）

仕事する。　　（要工作。）

　　　研究する。　　（要研究。）

　(C)　外來語 ＋ する → 複合動詞

　　　タッチする。　　　　（撫摸。）

　　　アウトする。　　　　（判死出局。）

　　　ジョギングする。　　（要慢跑。）

　　　リラックスする。　　（要放輕鬆。）

(3)　「爲什麼」之説法

　何 で ＝ 名詞 ＋ 格助詞
　名 助

　どう して ＝ 副詞 ＋ 動詞 ＋ 接續助詞
　 副　動　助

　何故 ＝ 名詞

(4)　時計が遅れ ┌ る。　　（鐘錶會慢。）
　　　　　　　　│ ている。　　（現在鐘錶慢。）
　　　　　　　　└ るようになりました。　（最近變得會慢了。）

(5)　被動語態　（passive voice）

　お金を取 ┌ る。　　（要索取錢。）
　　　　　　│ ↓
　　　　　　└ ら　れる。　　（會被索取金錢。）
　　　　　　　五段動詞　被動助動詞
　　　　　　　未然形

┌─────────┐
│五段動詞│ れ ┌ る。　　名前を書かれる。（會被寫名字。）
│未 然 形│　　└ ます。　雨に降られる。（會被雨淋。）
└─────────┘

$$\left.\begin{array}{l}\text{上一段} \\ \text{下一段} \\ \text{カ 變}\end{array}\right\} \text{未然形} \quad ら れ \left\{\begin{array}{l}\text{る。} \\ \text{ます。}\end{array}\right.$$

先生に率_{ひき}いられる。　　（被老師率領。）
　　　　上一段

泥棒に逃_にげられる。　　（被小偸逃走。）
　　　　下一段

友達に来_こられる。　　（朋友在自己忙時來。）
　　　　カ變

〔練習問題〕

(一) 中文譯日文

(1) 我請他拿行李了。

(2) 他有替我拿行李。

(3) 我替他拿行李了。

(4) 年輕人讓位給年老人了。

(5) 我讓位給伯母了。

(6) 那位學生讓位給我了。

(7) 我請鐘錶店修理錶了。

(8) 鐘錶店給我修錶了。

(9) 我給你修錶吧！

(10) 我被索取壹仟元。

(11) 我請老師修改這篇文章了。

(12) 老師替我修改這篇文章了。

(13) 若請老師修改文章會被索取多少錢？

(14) 若是他的學生，不會被索取分文。

(15) 我站起來把坐位讓給伯母了。

(二) 填充

(1) 子供は大人に荷物を持って（　　　　）。

(2) 大人は子供に荷物を持って（　　　　）。

(3) 私は伯父さんに荷物を持って（　　　　）。

(4) 私はあの子供の荷物を持って（　　　　）。

(5) 伯母さんが上がって来たので、伯母さんに席を（　　　　）。

(6) 伯母さんは私に席を譲って（　　　　）。

(7) 私は伯母さんに席を譲って（　　　　）。

(8) あの子供は私に席を譲って（　　　　）。

(9)　手紙を書いたので、先生に（　　　　　）。

(10)　先生は気持よく（　　　　　）。

(11)　私はあの学生の手紙を（　　　　　）。

(12)　病気をしたらお医者さんに診て（　　　　　）。

(13)　お医者さんは病気を治して（　　　　　）。

(14)　私はあの患者さんの病気を治して（　　　　　）。

(15)　傘を持って出なかったので、雨に（　　　　　）。

(16)　雨に（　　　　　）体が濡れました。

(17)　私はすりにお金を５０００円（　　　　　）。
　　　　　扒手

(18)　すりは私のお金を５０００円（　　　　　）。

(19)　すりにお金を（　　　　　）大変悔しいです。

(20)　私の時計は最近遅れる（　　　　　）。

(21)　最近夕立が降る（　　　　　）。
　　　　　陣雨

(22)　この子は最近勉強する（　　　　　）。

～よりも……方が （與其 ～ 不如……）

この頃、台湾ではいい映画が見られないようになりました。
映画を見るよりもうちでテレビを見た方がいいです。
只打ち合ったり、抱き合ったりするだけでは、いい映画とは言えません。
映画にしろ、本にしろ、人を向上させるものがなければなりません。

この頃、台湾では交通がますます渋滞するようになりました。
ひどい時には高速道路で、車が 20 キロメートル以上も渋滞することがあります。町の中でもその渋滞は変わりありません。それで、車に乗るよりも歩いた方が早いこともあります。

最近は、学校の運動場で運動する人が増えました。年寄の方が多いです。若い人はあまり見られません。若い人は学校や会社へ行く準備をしなければならないからでしょう。
体を丈夫にする為には、栄養よりも運動の方が大切だからです。
運動をして体を鍛えましょう。

最近在台灣看不到好電影了。
與其看電影不如在家看電視。
只是互相打鬥、擁抱不能說是好電影。

不管是電影或是書,若沒有使人向上的內容,不能說是好的。

最近在台灣交通越來越擁塞了。
嚴重時在高速公路上會有長達20公里之塞車情形。城市裏這種堵塞情形還是一樣。所以,有時候與其坐車不如走路來的快。

最近在學校運動場做運動的人增加了,年長的人比較多。年輕人很少看到,年輕人大概要準備上學或上班之關係吧!

為要使身體強壯,與其營養不如運動,因為運動比較重要。
我們做運動來鍛練身體吧!

〔文型〕

(1) 與其 ～ 不如………。

日本へ行くよりも台湾で勉強した方がいい。

（與其去日本,不如在台灣讀。）

お金があるよりも健康な体があった方がいい。

（與其有錢,不如有健康的身體。）

遊ぶよりも働いた方がいい。　（與其玩不如工作。）

テニスをやるよりもジョギングをした方がいい。

（與其打網球,不如跑慢跑。）

テレビを見るよりも本を読んだ方がいい。

（與其看電視,不如看書。）

(2) 動詞 合う ＝ 互相 動作

争 { う
{ い合う　　（互相爭）

励ま { す
{ し合う　　（互相勉勵）

戦 {　う
　い合う　　（互相戰鬥）　　　憎 {　む
　み合う　　　　（互相懷恨）

話を {　する
　し合う　　（互相講→協調）　　　呼 {　ぶ
　び合う　　　　（互相叫喚）

☆已經變爲名詞使用者：

　話合い　　　（談判、協調）

　見合い　　　（相親）

　試合　　　　（比賽）

　乗合自動車　　（從前用過的「公車」之名稱，現在這句已被

　　　　　　　　「バス」所取代。）

　殴り合い　　（打架）

⑶　熟語（以兩個或兩個以上之漢字所組成之單語。有原來在中國就有

　　　者，亦有由日本人所製造者。日本人所製造者稱爲「和製漢語」。

⒜　由兩個意義相同的漢字所組成者。

　　渋滞（渋、滞兩字都是表示「不順暢」之意）（交通堵塞。）

　　攻撃　決定　失敗　成就　貯蓄　勤儉　防御　眺望　静寂

　　喧騒　奮励　発起　研究　勉励　共通　繁盛　利益　損失

⒝　由兩個相反之意義的漢字所組成者。

　　大小　軽重　長短　利害　優劣

⒞　由一個動詞、一個名詞所組成者。

　　登山　努力　座席　入学　退学　休学　作業　飛行機　乗客

⑷　～に {　じろ
　せよ
　しても　}　………に {　しろ
　せよ
　しても　}　不管 }　是 ～ 或是……
無論 }

勉強に {し ても／ろ／せよ}　運動に {し ても／ろ／せよ}　最後までやり抜くこと

が大切です。　　　（不管是讀書或是運動，要做到底才重要。）

日本語に {し ても／ろ／せよ}　英語に {し ても／ろ／せよ}　文法が大切です。

(5)　〜 からで {す。 ＝ 因為 〜／しょう。 ＝ 可能是因為 〜}

台湾は交通が大変混雑しています。車が多過ぎるからです。

　　　（台灣交通很亂。因為車子太多。）

試験に滑りました。勉強しなかったからです。

　　　（考試沒考上。因為沒有讀書。）

今朝は空気が澄んでいます。昨夜雨が降ったからでしょう。

　　　（今天早上空氣很清淨。大概是因為昨晚下了雨。）

今朝は風邪が治りました。昨夜薬を飲んで早く寝たからでしょう。

　　　（今天早上感冒好了。大概是因為昨晚吃了藥，早點就寢之緣

　　　故吧！）

(6)　〜 為には　（為了要 〜）　(in order to 〜)

彼はその奨学金を貰 {おうと／う為に} 熱心に勉強した。

　　　（他為了要領取該獎學金拚命地讀書。）

(He worked hard in order to win the scholarship.)

日本語が上手になる為には一生懸命勉強しなければならない。

　　　（為了要日語精通，必須認真學習。）

(In order to master Japanese we must study hard.)

〔練習問題〕

(一) 中文譯日文

(1) 最近在台灣看不到好電影了。

(2) 最近在台灣聽不到有水準的音樂了。

(3) 不管是讀書，或是運動，都要很認真地去做。

(4) 不管是都市或鄉下，台灣的社會都是一片髒亂。

(5) 這件事必須互相協調。

(6) 老師的訓話令人向上。

(7) 最近車禍越來越多了。

(8) 最近交通堵塞之情形越來越嚴重了。

(9) 在高速公路上之交通堵塞，嚴重時可達20公里。

(10) 在鄉下交通堵塞的情形也是一樣。

(11) 與其坐車不如走路來得快。

(12) 與其做無用之聊天不如看書。（無駄話をする。）

(13) 最近學日語之人增加了。

(14) 與其跟沒有經驗的日本人學習日語，不如跟有經驗的台灣人學習日語。

(二) 塡充

(1) 車に乗る（　　　　）歩いた方が速いです。

(2) 栄養を摂る（　　　　）運動をした方がいいです。

(3) テニスをするよりもジョギングをし（　　　　）体にいいです。

(4) 最近カラオケに行く人が（　　　　）なりました。
減少

(5) テレビを見る人が（　　　　　　）。
増加了

(6) この頃は早く寝るので早く起きられる（　　　　　　）。

⑺ 日本のテレビをいつも見るので、日本語が聞き取れる（　　　）。

⑻ 運動場でジョギングをしている人は若い人よりも年寄の方^{かた}が（
　　　　　）。

⑼ 若い人は朝運動をしません。学校へ行く準備をしなければならない（　　　　）。

⑽ 彼は大変丈夫です。毎朝運動をしている（　　　　　）。

⑾ 都会でも高速道路でも（　　　　　）がひどいです。

⑿ 運動をすれば（　　　　）体が丈夫になります。

⒀ どんなに難しいことでも（　　　　）ば解決するでしょう。

協調

色色な問題を抱えています。

（有各種問題待解決。）

　台湾の面積は３万６千平方キロメートルと言われています。丁度日本の１０分の１に当たります。この狭い国土に２１００万もの人が住んでいます。この人口密度は世界中で２番目です。これを過剰人口と呼びます。

　この地は、ずっと楽土、又は、楽園と呼ばれて来ましたが、今ではここがだんだん住みにくくなって来ました。

　人口過密は色色な社会問題を引き起こします。交通渋滞は言うまでもなく、空気汚染・河川汚染・農地汚染・住宅難・進学難・就業難・物価高・騒音・盗難や火事の頻発・道徳の低下など挙げればきりがありません。この外、貧富の差の拡大は正直に生きる人を失望させてしまいます。

　これらの問題のどれ１つを取っても容易に解決出来ることではありません。

　台湾を日本人は「賑賑しい」と言います。これは褒め言葉でしょうか。又、西洋人は「貪欲の島」と呼んでいます。ばくちの氾濫は多くの人を不幸にさせています。それに加えて麻薬を使う人がここ数年一度に増えて来ました。

　我我この土地に住む人達、私達に出来ることは何でしょう。真剣に考えて自分に出来ることを自分からやってみましょう。

台灣的面積據説是3萬6千平方公里。恰好是日本之10分之一。在這麼狹小的國土裏住著2,100萬人。這種人口密度在全世界是排第2。這種現象稱爲「人口過剩」。

這塊地過去一直被稱爲「樂土」或「樂園」，但是現在這裏逐漸變爲難於居住之地了。

「人口過密」會引起各種社會問題，交通堵塞更不用説，空氣污染、河川污染、農地污染、無殼蝸牛、升學競爭、就業困難、高物價、噪音、小偷、強盜猖獗、火災之頻發、道德之降低等。有舉不完之問題。

此外，貧富之差距愈來愈擴大，使得安分守己的老實人喪失奮鬥之勇氣。

這些問題之任何一項都不是容易解決之問題。

曾經有一位日本人説：「台灣太熱鬧了。」諸位，這句話難道是在誇獎的嗎？又，歐美人稱台灣爲「貪婪之島」。賭博之氾濫使很多人陷入不幸。加之吸毒之人，在最近數年一下增加很多了。

我們住在這塊地之人，我們能做什麼呢？認眞想一想，由我們自己做起吧！

[文型]

(1) 抱え { る。　　　＝ 持つ　　　　　　　　頭痛的問題
　　　　{ ている。　＝ 持っている　①擁有(have)
　　　　　　　　　　　　　　　　　②拿著東西

① 台湾は色色な問題を抱えている。（台灣有很多頭痛的問題。）
　(Taiwan has many problems.)

② 彼女は買い物袋を { 抱えて } いた。（她拿著購物袋。）
　　　　　　　　　 { 持って }

　(She had a shopping bag in her arms.)

(2)　〜 と言われています。　　　（據説是 〜 。）

　　　　　　　　　　　　　　　　（被稱爲 〜 。）

台中は文化都市と言われています。　（台中被稱爲文化之都。）

台湾は宝島と言われています。　（台灣被稱爲金銀島。）

交通事故で死んだり傷ついたりする人は1年に1万人を越えると

言われています。

　　　（由於車禍死傷的人據説一年超過一萬人。）

世界で一番長寿の国は日本だと言われています。

　　　（據説在全世界最長壽的國家是日本。）

(3)　丁度 〰 に当た｛る。　　　（恰好｛是 〰 。）
　　　　　　　　　ります。　　　　　　　　　等於 〰 。

台湾の｛人口　｝は日本の｛6分の1　｝に当たります。
　　　　面積　　　　　　　　10分の1

台湾の専科学校は日本の短期大学に当たります。

(4)　住み｛やす｛い。
　　　　　　　　くなって来ました。　　　（變得越來越好住了。）
　　　　にく｛い。
　　　　　　　　くなって来ました。　　　（變得越來越難住了。）

　　｜動詞｜　＋　｜形容詞｜
　　　　└───────┘
　　　　　複合形容詞

　　　やすい　＝　便宜　　（可造成複合形容詞）

　　｜複合形容詞｜　＝　好〰。適於〰。

　　　にくい　＝　可恨的。可造成複合形容詞（稱爲「造語」）。

　　｜複合形容詞｜　＝　｛不好〰
　　　　　　　　　　　　　難於〰

　　履き｛やすい。　　（好穿。）
　　　　　にくい。　　（不好穿。）

書き｛やすい。　　（好寫。）

　　　｛にくい。　　（不好寫。）

歩き｛やすい。　　（好走。）

　　　｛にくい。　　（不好走。）

(5)　自分に出来る事。　　（自己能做之事。）

　　　　　表示「能」之主體。

私に出来ることなら何でも言って下さい。

　　　（若有我能做的事，請儘管説。）

鶏を殺すことは私には出来ません。

　　　（殺雞這件事，我無法做。）

(6)　〜 は言うまでもなく。　　（〜 固不用説。）　　〜 は勿論

　　　needless to say.　　　　　　　　　　　　　　of course.

言うまでもなく、彼は失敗した。　　（不用説，他失敗了。）

Needless to say　｝, he failed.

Of course

成功するには、言うまでもなく健康が第一だ。

　　　（不用説，要成功，首先要有健康。）

Needless to say　｝, in order to have success health is

Of course　　　　　　 the first.

— 170 —

〔練習問題〕

（一） 中文譯日文

(1) 據説台灣之面積是日本的十分之一。

(2) 據説台灣之人口是日本的六分之一。

(3) 因此，台灣之人口過密是大約日本之兩倍。

(4) 所以，台灣被日本人稱爲「太熱鬧的地方」。

(5) 歐美人稱台灣爲「貪婪之島」。

(6) 我們能做什麼呢？

(7) 我們認眞想一想。

(8) 我們由我們自己做能做之事吧！

(9) 不用説台灣是越來越不好住了。

(10) 貧富差距之擴大使老實人失望。

(11) 舉不完的。

(12) 這些問題之中舉任何一項都是難於解決的。

(13) 人口過密會引起各種問題。

(14) 賭博之氾濫使很多人陷入於不幸。

(15) 空氣污染、河川污染、農地污染等是過密人口所引起的。

(16) 不用説，我們對於台灣環境之污染都有責任。

(17) 最近吸毒之人，一下子增加很多了。

(18) 公害會引起人們之不幸。

（二） 填充

(1) 台湾は人口過密の島だと（　　　　）ています。

(2) 台湾の国土は日本の約１０分の１に（　　　　）。

(3) 台湾は楽土と言わ（　　　　）。

(4) しかし、今では（　　　　）と言われています。

(5) これについて我我に何が（　　　　）でしょうか。

(6)　我我（　　　　）ことは何でしょう。

(7)　人口が多過ぎることを（　　　　）と呼びます。

(8)　過剰人口は色色な問題を（　　　　）ます。

(9)　公害には色々あります。空気汚染など（　　　　）きりがあり
ません。

(10)　道徳の低下は青少年の犯罪を（　　　　）ます。

(11)　これらの問題はどれ（　　　　）解決の難しい問題です。

(12)　貧富の拡大は正直な人を失望（　　　　）ます。

(13)　ばくちの（　　　　）は多くの人を不幸にさせます。

(14)　麻薬を使う人が最近一度に（　　　　）て来ました。

(15)　真剣に（　　　　）みましょう。

(16)　この土地はだんだん（　　　　）なって来ました。

不好住

(17)　交通渋滞は（　　　　）色々な公害があります。

不用説

(18)　日本人は台湾を（　　　　）と言います。

太熱鬧

褒められる 〔被動語態〕

永和さんは会社に勤めています。もう20年も同じ会社に勤めている会社員です。正直で真面目なので、よく上司に褒められます。私達も褒められるようにしましょう。

あの子供は遊んでばかりいて勉強しません。それで、よくお父さんに叱られます。今日も勉強しなかったので、叱られました。叱られないようにしましょう。

ある人は平気で嘘をつきます。嘘はすぐばれるので、その人は人に笑われます。又、馬鹿にされます。そんな人は尊敬されません。嘘をつかないようにしましょう。

人を敬う人は人に敬われます。人を愛する人は人に愛されます。しかし、これは必ずしもその通りにはいかないようです。

物は大切にしまっておきましょう。でないと盗まれるからです。特にバスに乗る時には気をつけなければなりません。片手に洋服やレインコートを持った3人組か4人組の人達は、大抵すりなのです。人がバスに乗ろうとする時に乗客の財布やお金を盗みます。盗まれないように気をつけましょう。

課文中譯

永和先生在公司服務。已經在同一個公司服務20年了。因爲老實又認眞，所以常常被上司褒獎，我們也要被褒獎才好。

那個孩子老是在玩不讀書，所以常被父親罵。今天也因爲沒有讀書所以被罵了。我們也要注意不要被人罵。

有些人滿不在乎地撒謊，謊言很快就會被識破，所以那種人就會被人嘲笑，又會被人瞧不起。那種人不會受人尊敬。我們不要撒謊吧！

尊敬別人的人也會受人尊敬。愛人的人也會被人愛。可是這個道理往往不會照這樣兌現的。

我們要把東西好好地收起來，否則會被人偷。尤其是搭公車時特別要小心。一隻手拿著西裝和風衣之3人一組或4人一組之集團，往往是扒手。當乘客急著要上車時，偷乘客之錢袋和金錢，我們要小心不要被扒。

〔文型〕ぶんけい

(1) 「被動」助動詞

五段動詞		
サ變動詞	未然形 れ	る。 ます。

上一段動詞		
下一段動詞	られ	る。
カ　變動詞	未然形	ます。

自分(じぶん)の好(す)きな本が人に買(か)われた。(自己所喜愛的一本書被人買了。)
　　　　　　　五段

先生に叩(たた)かれ ┌ た。
　　五段 ┤ て耳(みみ)の鼓膜(こまく)が破(やぶ)れた。

　　　　　(被老師打得耳朵之鼓膜破了。)

雨に降られて服(ふく)が濡(ぬ)れた。
　　五段

－ 174 －

先生に率いられてハイキングに行った。
$\qquad$ 上一段

（被老師帶領去郊遊了。）

魚が猫に食べられた。
$\qquad$ 下一段

お客に来られて勉強ができなかった。
$\qquad$ カ變動詞

人を愛する人は人に愛される。
$\qquad$ サ變動詞 $\qquad$ サ變動詞

人を馬鹿にする人は人に馬鹿にされる。
$\qquad$ サ變 $\qquad$ サ變

(2) ………ようにしましょう。

助動詞「ようだ」之連用形，表示「輕之命令」「要求」。

遅れないようにし｛ましょう。　（我們不要遲到吧！）
　　　　　　　　　｛て下さい。　　（請不要遲到。）

怠けないようにし｛ましょう。　（我們不要懶惰吧！）
　　　　　　　　　｛て下さい。　　（請不要懶惰。）

忘れないようにし｛ましょう。　（我們不要忘記吧！）
　　　　　　　　　｛て下さい。　　（請不要忘記。）

気をつけるようにし｛ましょう。　（我們要小心啊！）
　　　　　　　　　　｛て下さい。　（請小心。）

勉強するようにし｛ましょう。　（我們要讀書啊！）
　　　　　　　　　｛て下さい。　　（請讀書。）

(3) ………よう｛だ。
　　　　　　　　｛です。　　（好像是……。）

　　　　　　　表示「不確實之斷定」之助動詞。

明日は雨が降る。　　（明天會下雨。　→　斷定）

明日は雨が降るよう $\begin{cases} だ。 \\ です。 \end{cases}$　$\left(\begin{matrix} 明天好像會下雨。 \\ →　不確實之斷定 \end{matrix} \right)$

彼は日本人 $\begin{cases} だ。 \\ です。 \end{cases}$　（他是日本人。　→　斷定）

彼は日本人のよう $\begin{cases} だ。 \\ です。 \end{cases}$　$\left(\begin{matrix} 他好像是日本人。 \\ →　不確實之斷定 \end{matrix} \right)$

山の上は寒い。　　（山上很冷。　→　斷定）

山の上は寒いよう $\begin{cases} だ。 \\ です。 \end{cases}$　$\left(\begin{matrix} 山上好像很冷。 \\ →　不確實的斷定 \end{matrix} \right)$

(4)　その通りにはいかない。　　（不能按照那樣兌現。）

人に親切にしたら親切にされるが、必ずしもその通りには行かな

　　　　　　　　　　　　　　　　　　不一定（下一定接否定語。）

い。

　　（對人親切就會被人親切對待，但不一定如此。）

一生懸命に働いたら成功するだろうか。必ずしもその通りにはい

かない。

　　（很認眞工作就會成功嗎？不一定如此。）

(5)　(A)　　$\boxed{確定語}$　か　$\boxed{確定語}$

　　　　　　　　　或

　　　　　（表示「選擇」之副助詞。）

例：男か女か分からない。　　（不知道是男還是女。）

　　行くか行かないか分からない。　　（不知道要不要去。）

　　高いか安いか分からない。　　（不知道是貴或便宜。）

　　日本かアメリカへ行く。　　（要去日本或美國。）

　　綺麗なのか穢いのか分からない。（不知道是漂亮還是醜陋。）

(B) 　　　不確定語　　か。

　　　　（疑問詞）　　表示「某些」(some, any)

例：何かありますか。　　（有没有任何東西？）

　　どこかへ行きます。　　（要去某一個地方。）

　　誰かいます。　　（有某一個人。）

　　いつか行きます。　　（某一天要去。）

　　どれ　　｝か選びます。　　（要選任何一個。）
　　どっち　　　　　　　　（要選任何一個。）

〔外來語〕

　　レインコート　raincoat　　原為雨衣，但在台灣都譯成風衣。

　　眞正的雨衣稱為「合羽」

　　惟這語亦為葡萄牙語capa 變為日語的。

－177－

〔練習問題〕

（一） 中文譯日文

⑴ 明天好像會下雨。

⑵ 他好像不來。

⑶ 他好像在撒謊。

⑷ 他滿不在乎地在撒謊。

⑸ 不要撒謊吧！

⑹ 我在銀行服務。

⑺ 我常被褒獎。

⑻ 那個孩子常常被父親罵。

⑼ 撒謊的人會被人瞧不起。

⑽ 愛人的人不一定會被人愛。

⑾ 很難照那樣兌現的。

⑿ 我們要小心車輛。

⒀ 我們要小心扒手。

⒁ 我們注意不要挨罵。

⒂ 搭公車時要小心。

（二） 填充

⑴ 私はあの会社に（　　　　　）ています。

⑵ 正直で（　　　　　）のでよく褒められます。
認眞

⑶ （我沒有被人愛過。）私は人に愛（　　　　　）ことはありません。

⑷ （昨天被雨淋了。）私は昨日雨に（　　　　　）ました。

⑸ （我們要受人尊敬才好。）私達は人に尊敬（　　　　　）しましょう。

(6)　（我的錢袋被扒手偷了。）私の財布は（　　　　）ました。

(7)　（扒手通常是3人一組或是4人一組。）すりは大抵（

　　　　　　　　　　　　　　）です。

(8)　物は大切にしまって（　　　　）。

(9)　盗まれないように（　　　　）ましょう。

(10)　中中理論の通りには（　　　　）。
　　　なかなか

(11)　早く行きましょう。（　　　　）バスに遅れます。

　　　　　　　　　　　　否則

(12)　彼は（　　　　）嘘をつきます。

　　　　不在乎地

宿題を書かせ｛る。
ます。　（叫學生寫作業。）

　先生はどうしたら、学生が上手になるか、考えます。その方法として、文章を写させたり、宿題を書かせたりします。教室の中では、本を読ませたり、黒板に出て書かせたりします。又、学生に質問をして答えさせます。分からないところは、学生に、

「何か質問はありませんか。」

と聞いて学生に質問をさせます。

　運動の時間になりました。先生は学生に列を並ばせます。又、運動場のトラックを走らせたり、色色なボール類の試合をさせたりします。

　ここは紡績工場です。色色な機械が並んでいます。工場長は職工達に色色な仕事をさせます。機械を運転させたり、糸を繋がせたりします。掃除婦には地面を掃かせたり、ごみを１か所に集めさせたりします。

課文中譯

　　老師想要如何使學生進步，其中之一個方法是叫學生抄課文啦或寫作業。在教室裏則叫學生唸書啦或叫學生出來黑板寫字。又，向學生發問叫學生回答，若有不明瞭之地方就向學生發問說：
　　「有沒有發問？」
而叫學生發問。

　　到了運動之時間了。老師叫學生排隊，又叫學生跑跑道或叫他們做些各種球類之比賽。

　　這裏是紡織工廠，排列著各種機械，工廠長會叫作業員做各種工作，叫她們開動機器或接紗。叫掃地婦女掃地或把垃圾收集在一處。

〔文型〕

⑴　どうしたら 〜 （如何做就 〜 。）　（How to 〜 .）

どうしたら｛
日本語が上手になりますか。
　　　　（如何做日語會變好？）
体が丈夫になりますか。　（如何做身體就會健康？）
お金が溜まりますか。　　（如何做錢就會多起來？）
早く出世しますか。　　　（如何做就能早日成功？）

⑵　学生に文章を写させる。学生に宿題を書かせる。

　　　　　五段未然形，「使役」　　　五段未然形，「使役」
　　　　　助動詞。　　　　　　　　助動詞。

兩句都以「助動詞」せる終止，連接成一句時用 「接續助詞」たり。

学生に文章を写させたり宿題を書かせたりします。

　　　（叫學生抄課文或寫作業。）

「使役」之助動詞

五段動詞未然形	せ｛る。
サ變動詞未然形	ます。

子供に買物に行かせ｛る。　　（叫孩子去買東西。）
　　五　段　　　ます。
　未然形　　「使役」助動詞

子供に勉強させる。　　（叫孩子讀書。）
　　　↓　「使役」助動詞

　　サ變未然形

$$\boxed{\begin{array}{l}\text{上 一 段未然形}\\\text{下 一 段未然形}\\\text{カ變動詞未然形}\end{array}}\quad \text{させ}\left\{\begin{array}{l}\text{る。}\\\text{ます。}\end{array}\right.$$

子供に早く起きさせ｜る。 　　　　　　（叫孩子早起。）

　　上一段 ↓ 　｜ます。

　　未然形　「使役」助動詞

子供に早く寝させる。　　　（叫孩子早睡。）

　　下一段　「使役」助動詞
　　未然形

子供にうちに来させる。　　（叫孩子來我家。）

　　カ變動詞　「使役」助動詞
　　未然形

活用形\詞	語　尾	未然形	連用形	終止形	連體形	假定形	命令形	動　詞　名　稱
行く	く	か こ	き っ	く	く	け	け	カ行五段動詞
する	無$\left\{\begin{array}{l}語幹\\語尾\end{array}\right\}$之分	し せ さ	し	する	する	すれ	しろ せよ	サ行變格動詞
起きる	きる	き	き	きる	きる	きれ	きろ	カ行上一段動詞
寝る	無$\left\{\begin{array}{l}語幹\\語尾\end{array}\right\}$之分	ね	ね	ねる	ねる	ねれ	ねろ ねよ	ナ行下一段動詞
来る	無$\left\{\begin{array}{l}語幹\\語尾\end{array}\right\}$之分	こ	き	くる	くる	くれ	こい	カ行變格動詞
せる	無$\left\{\begin{array}{l}語幹\\語尾\end{array}\right\}$之分	せ	せ	せる	せる	せれ	せろ せよ	接於$\left\{\begin{array}{l}五段\\サ變\end{array}\right\}$之使役助動詞
させる	せる	させ	させ	させる	させる	させれ	させろ させよ	接於$\left\{\begin{array}{l}上一段\\下一段\\カ　變\end{array}\right\}$之使役助動詞

(3)　接續助詞「たり」（連接「用言」時用「たり」）

　　　　　　　　（表示「用言」之列擧）

　註：「用言」係語尾會有變化之品詞，有４種：①動詞②形容詞

　　　③形容動詞④助動詞。（嚴格地説，它是附屬語，應不屬於用

言，惟連接句子時，仍與其他用言同，故暫列入用言。）

|用言| たり |用言| たり {する。
                      {します。

自動車が行ったり来たりしています。　（汽車來來往往。）

雨が降ったり風が吹いたりします。　　（會下雨，刮風。）

来たり休んだりします。　（有時候來，有時候曠課。）

大きかったり小さかったりします。（有的會太大，有的會太小。）

買物に行かせたり料理を作らせたりします。

　　　（或叫去買東西或叫她做菜。）

子供に勉強させたり遊ばせたりします。　（叫孩子讀書或遊玩。）

(4)　「～。」と聞{きます。
　會話句　　↑　　{いて答えさせます。

　　　引用説話之内容。

　　（「～」這樣問。

　　　　這樣問而叫他回答。）

「早く来なさい。」と先生が言いました。

　　（老師説：「要早一點來！」）

「あなたのうちはどこにありますか。」と先生が聞きました。

　　（老師問説：「你的家在哪裏？」）

〔練習問題〕

（一）　中文譯日文

⑴　如何做身體就會強壯？

⑵　如何做日語就會很好？

⑶　如何做就會有錢？

⑷　如何做就會早日成功？

⑸　老師叫學生寫課題。

⑹　老師叫學生出來黑板寫字。

⑺　老師叫學生唸書、抄課文。

⑻　老師問學生説：「有寫作業來了嗎？」

⑼　老師問學生説：「有沒有任何質問？」

⑽　老師問學生説：「有沒有不瞭解的地方？」

⑾　老師要學生做球類比賽。

⑿　母親要孩子早起。

⒀　母親要孩子早睡。

⒁　母親叫傭人買菜或掃地或做料理。

⒂　老師叫學生們收集垃圾於一處。

（二）　填充

⑴　どう（　　　　　）日本語が早く上手になりますか。

⑵　（　　　　　）、体が丈夫になりますか。

⑶　どうしたらお金が（　　　　　）ますか。

⑷　先生は学生に本を（　　　　　）。

⑸　先生は学生に黒板に出て字を（　　　　　）。

⑹　先生は学生に本を（　　　　　）黒板に出て字を（　　　　　）ます。

⑺　運動の時間に（　　　　　）。

(8) 先生は学生にボール類の試合を（　　　　　）。

(9) 先生は学生にトラックを（　　　　）。

(10) 先生は学生にボール類の試合を（　　　　）トラックを（
　　　　）ます。

(11) 工場長は職工達に色色な仕事を（　　　　）。

(12) 工場長は職工に機械を運転（　　　　）。

(13) 工場長は職工に糸を（　　　　　　）。

(14) 工場長は職工に機械を運転（　　　　）糸を（　　　　）ます。

(15) 掃除婦にごみを 1 か所に（　　　　）。

(16) 掃除婦に地面を（　　　　）。

(17) 掃除婦に地面を（　　　　）ごみを 1 か所に（　　　　）ます。

(18) 学生に質問をして（　　　　　）。

(19) 先生は「明日宿題を出しなさい。」（　　　　）。

(20) 分から（　　　）は学生に聞いて（　　　　）ます。

— 185 —

動詞 てはいけないと思います。

（我想不要～。）

これを食べてもいいですか。
はい、食べてもいいです。
沢山食べてもいいですか。
いいえ、食べ過ぎてはいけないと思います。

これを飲んでもいいですか。
はい、飲んでもいいです。
沢山飲んでもいいですか。
いいえ、飲み過ぎてはいけないと思います。

これをやってもいいですか。
はい、やってもいいですが、やり過ぎてはいけないと思います。

自分の仕事をやりましたか。
いいえ、まだやっていません。
やらないといけませんよ。
はい、後でやります。

宿題をやりましたか。
やりましたが、まだ少し残っています。
早くやりなさいよ。
はい、すぐやります。

勉強も運動も仕事も大切ですが、やり過ぎてはいけません。やり過ぎると病気をします。遊び過ぎるのもいけないですね。
何でも、やり過ぎないようにしましょう。

課文中譯

可以吃這個嗎？
是！可以吃。
可以吃很多嗎？
不！我想不要吃太多。

可以喝這個嗎？
是！可以喝。
可以喝很多嗎？
不！我想喝太多不行。

可以做這個嗎？
是！可以做，但是我想不要做過多。

做完了自己的工作嗎？
不！還没做。
不做不行啊！
是！等一會就做。

做了作業了嗎？
做了，但是還剩一點。
趕快做啊！
是！馬上做。

讀書、運動、工作都很重要，但不要做得過度。做過度的話會生病，玩過多當然也是不行啊！
無論什麼事都不要做過度啊！

〔**文型**〕

(1) 動詞連用形 てもいいです。 （可以 ～ 。）

　　　　　　　　てはいけ ┌ ません。 （不可以 ～ 。）
　　　　　　　　　　　　 └ ないと思います。（我想不可以 ～ 。）

　　帰って ┌ もいいです。 （可以回家。）
　　　　　 └ はいけ ┌ ません。 （不可以回家。）
　　　　　　　　　　└ ないと思います。 （我想不可以回家。）

　　取って ┌ もいいです。 （可以拿。）
　　　　　 └ はいけ ┌ ません。 （不可以拿。）
　　　　　　　　　　└ ないと思います。 （我想不可以拿。）

(2)　動詞連用形　過ぎ｛る。
　　　　　　　　　　　　ます。
　　　　　　　　　　　　てはいけ｛ません。
　　　　　　　　　　　　　　　　　ないと思います。

　　　働（はたら）き過（す）ぎ｛る。
　　　　　　　　　　　　　ます。　　　　　　（工作過多。）
　　　　　　　　　　　てはいけ｛ません。　　（不可以工作過多。）
　　　　　　　　　　　　　　　　ないと思います。（我想不可以工作過多。）

(3)　後（あと）で。　（等一會。）（later）、　（〜之後）（after）
　　　彼（かれ）は後（あと）で来（き）ます。　（他等一會來。）（He will come later.）
　　　後（あと）で検討（けんとう）します。　（等一會來做檢討。）（I will examine later.）
　　　走（はし）った後（あと）で沢山水を飲みました。　（跑完了之後喝了大量之水。）

　　　（After jogging I drank lots of water.）

(4)　残（のこ）｛る。　　　　　（要留下來。　）
　　　　　　っている。　　　　　（有剩下來。　）

　　　　　　　　　　（be left；remain）

　　　林檎は２つ残っている。　　（蘋果剩下２個。）
　　　（There are two apples left.）
　　　飲み物は何も残っていない。　　（沒有任何飲料留下來。）
　　　（Nothing is left for us to drink.）
　　　私は残って仕事をした。　　（我留下來工作了。）
　　　（I remained for work.）
　　　彼の言葉が心に残っている。　　（他的話留在心裏。）
　　　（His words remained in my mind.）

〔練習問題〕

(一) 中文譯日文

⑴ 可以吃這個嗎？

⑵ 是！可以吃。

⑶ 不！不可以吃。

⑷ 可以吃，但不要吃太多啊！

⑸ 可以吃，但我想不可以吃太多。

⑹ 可以喝這個嗎？

⑺ 是！可以喝，但不可以喝太多。

⑻ 可以喝，但我想喝太多不行。

⑼ 我想喝太多會傷害肚子。

⑽ 我想喝太多會拉肚子。（下痢をする。）

⑾ 可以做這個嗎？

⑿ 可以！不可做過度啊！

⒀ 茶還剩下一點。

⒁ 我要留到晚上10點加班。

⒂ 作業還剩下2頁。

⒃ 他的話，還留在心裏。

(二) 填充

⑴ これを食べ（　　　　）いいですか。

⑵ いいえ、食べ（　　　　）はいけません。

⑶ 食べ（　　　　）とお中を壊します。

⑷ 仕事を（　　　　）と体を壊します。

⑸ 早く（　　　　）といけませんよ。

⑹ 早く（　　　　）て下さいよ。

⑺ 今時間がありませんから（　　　　）やります。

⑻　仕事が沢山（　　　　）いるから残業をします。

⑼　宿題がまだ３頁（　　　　）います。

⑽　今日は１０時まで（　　　　）仕事をします。

⑾　財布が軽いです。もうお金が（　　　　）いません。

⑿　（　　　　）やり過ぎないようにしましょう。

⒀　今朝はテニスを（　　　　）ましたか。

お金を借りる。　（向人借錢。）
借りようと思います。（想借。）

茂盛さんは家を買おうと思いました。しかし、お金が足りません。それで、銀行にお金を借りようと思いました。
銀行は茂盛さんにお金を１２０万円貸してくれました。

茂良さんは字を書こうと思いましたが、ボールペンを持っていません。それで、明賢さんにボールペンを借りました。
「ちょっとボールペンを貸して下さい。」と茂良さんは言いました。
明賢さんは
「どうぞお使い下さい。」
と言ってペンを茂良さんに渡しました。

明海さんは本を買おうと思って中友デパートへ行きました。デパートの７階に紀伊国屋書店と言う大きな書店があるのです。
彼は映画を見ようと思ったお金で字引を買おうと思いました。しかし、２００円足りなかったので、書店で遇った友達に貸して貰いました。
「来週の水曜日に返します。」
と彼は言いました。
友達は
「いつでも構いません。ゆっくりでいいです。」
と答えました。

課文中譯

茂盛先生想買房子。可是錢不夠。所以想向銀行借錢。

銀行借給茂盛先生 120 萬元。

茂良先生想寫字卻沒有帶原子筆。所以向明賢先生借了原子筆。

「請借我原子筆一下！」茂良先生這樣說。

明賢先生說：

「請用吧！」

之後就把筆拿給茂良先生了。

明海先生想買書而到中友百貨公司去了。因為在百貨公司之7樓有一家很大的叫做「紀伊國屋書店」之書店。

他以想看電影的錢買字典。可是因為短少了 200 元，所以請在書店遇到的朋友借給他。

「下個禮拜三還給你。」他這樣說。

朋友回答說：

「隨時都可以，慢慢來就好了。」

〔文型〕

(1) 銀行にお金を借りる。　　（向銀行借錢。）

銀行は私にお金を貸した。　　（銀行借錢給我了。）

借りる。　＝ 向 { 人 / 你 / 他 / 我 / 銀行 / 圖書館 } 借。　　（向 〜 借。）

ラ行上一段動詞　　　　　　　　　　（borrow from 〜.）

貸す　＝ 借給 { 人 / 你 / 我 / 他 / 朋友 }

サ行五段動詞　　　　　　　　　（lend to 〜.）

私は「ペンを貸して下さい。」と言って友達にペンを借りました。

（我說：「請借給我筆。」而向朋友借了筆。）

-192-

私は「この本を貸して下さい。」と言って友達に本を借りました。

　　　（我説：「請借給我這本書。」而向朋友借了書。）

私は田中さんに借りた本を山田さんに貸して上げました。

　　　（我把向田中先生所借之書借給山田先生了。）

(2) 　| 五段動詞 |　う　と思います。　　（想要～。）
　　| 未 然 形 |　「意志、意思」之助動詞。

```
┌─────────────┐
│ 上 一 段 動詞 │
│ 下 一 段 動詞 │
│             ├ 未然形       よう　と思います。
│ カ變變格動詞 │
│ サ變變格動詞 │
└─────────────┘
```

本を読もうと思います。　　　（想要看書。）
　　五段未然形

日本へ行こうと思います。　　（想要去日本。）
　　五段未然形

映画を見ようと思います。　　（想要看電影。）
　　　上一段未然形

日本料理を食べようと思います。　　（想要吃日本料理。）
　　　　下一段未然形

ゆっくり考えようと思います。　　（想慢慢考慮。）
　　　下一段未然形

早く来ようと思います。　　（想早一點來。）
　　カ變動詞未然形

早くしようと思います。　　（想早一點做。）
　　サ變動詞未然形

勉強しようと思います。　　　（想讀書。）
サ變複合動詞未然形

－193－

〔練習問題〕

（一） 中文譯日文

(1) 我想買房子。

(2) 我想賣這幢房子。

(3) 錢不夠。

(4) 向銀行借了120萬元。

(5) 銀行借給我120萬元。

(6) 我想向銀行借100萬元。

(7) 銀行不借給我錢。

(8) 「請借我筆！」

(9) 我向朋友借了原子筆。

(10) 他把原子筆拿給我了。

(11) 朋友説：「請用吧！」。

(12) 我向朋友説：「請借給我１萬元。」

(13) 朋友因爲錢不夠，所以借給我５千元。

(14) 我向在書店遇到的朋友借了１千元。

(15) 朋友説：「隨時還都可以。」

(16) 因爲中友百貨公司之七樓有一家叫做「紀伊國屋書店」之書店。

(17) 我把向圖書館借的書拿去還了。

(18) 我向朋友説：「你上週借的書請還我。」

(19) 我想用看電影之錢來買書。

(20) 因爲還欠200元，所以向朋友借了。

（二） 塡充

(1) あの本を買（　　　　）と思います。

(2) あの映画を見（　　　　）と思います。

(3) あの日本料理屋で食べ（　　　　）と思います。

(4) 日曜日は七時に来（　　　　　）と思います。

(5) 昨日私に（　　　　）本を返して下さい。

(6) 友達はお金が足りなかったので（　　　　）て上げました。

(7) 私はお金が足りなかったので、友達に（　　　　）ました。

(8) 山下さんは田中さんに（　　　　）た本を大森さんに（　　　）
て上げました。

(9) 「お金を１０００円貸して下さい。」と私は友達に言いました。
友達は２０００円（　　　　）てくれました。

(10) このお金は友達が（　　　　）くれたお金です。

(11) このお金は友達に（　　　　）もらったお金です。

(12) このお金は友達に（　　　　）たお金です。

(13) 電話をちょっと（　　　　）て下さい。

(14) 隣の人は「どうぞ、（　　　　）下さい。」と言いました。

(15) 大きい字引を（　　　　）と思ったがお金が２００円足りませ
んでした。

(16) 借りた物は（　　　　）なければなりません。

(17) 「そんなに早く（　　　　）なくてもいいです。」と友達は言
いました。

(18) その本屋は何と（　　　　）本屋ですか。

(19) お金を（　　　　）と利子を取られます。

(20) 信用のない人にはお金も物も（　　　　）ない方がいいです。

雨が降りそうだ。（眼看著就要下雨了。）

空が曇って来ました。雨が降りそうです。
父は空を見て、
「雨が降りそうだ。」
と言いました。
兄もテレビを見て、
「雨が降るそうだ。」
と言いました。

会社へ行く途中、本当に雨が降って来ました。私は傘を持って出たので、雨に降られませんでした。
この雨は明後日の夜まで降り続くそうです。

父が出張から帰って来ました。土産に林檎を３つ買って帰りました。大きくておいしそうな林檎です。林檎は日本のが一番おいしいそうです。母も昨日林檎を買って帰りましたが、それは軟かそうで、おいしくなさそうでした。

私は来年高等文官試験を受けようと思っています。あまり準備をしていないので、受かりそうもありません。若し、受からなかったら、来年又、受けるつもりです。
高等文官試験は２０人に１人ぐらいしか受からないそうです。それでも、大学を出ないで受かった人もいるそうです。

天開始變黑了。眼看著就要下雨的樣子。

父親看了天空之後說：

「快要下雨了。」

哥哥也看了電視之後說：

「聽說會下雨。」

去公司上班之路上，真正下起雨來了。因為我有帶雨傘出門，所以沒有被雨淋。

聽說這場雨會下到後天晚上。

父親去出差回來了，買回來3個蘋果當禮物。是看起來又大又好吃的蘋果。聽說蘋果是日本的最好吃。母親昨天也買回來蘋果，看起來軟軟的不好吃。

我想明年應考高等考試。因為準備不足，看起來是不能考上。如果考不上，打算明年再考。

聽說高考20個左右才能考取1個人。即使是如此，也有大學沒有畢業就考上的人。

〔文型〕

ぶんけい

(1) 　動詞連用形　そう　だ。

です。

表示「樣態」之助動詞。

（眼看著就要～，好像就要～。）

look, seem, appear

be likely (to do)

雨が降りそうだ。　（眼看就要下雨了。）

(It is likely to rain.) (It looks like rain.)

彼は来そうもない。　（他看來是不會來了。）

（「そうで」之加強形。）

(He is not likely to come.)

私は車に轢かれそうになった。　（我差一點被車子 {碾壓／壓死} 了。）

(I was nearly run over by a car.)

このボタンは取れそうだ。　（這個鈕扣眼看著就要脫落了。）

(This button is coming off.)

基本形	未然形	連用形	終止形	連體形	假定形	命令形	注　　意
そうだ そうです	そうだろ そうでしょ	そうで そうに そうだっ そうでし	そうだ そうです	そうな	そうなら	○	若用於「傳聞」 只用「終止形」

形容詞
形容動詞 }語幹　そう { だ。
です。　　　（看起來好像 ～ 。）

彼女は悲(かな)しそうだった。　　（她當時看起來很悲傷。）

(She looked sad.)

彼らは親切そうだ。　　（他們看起來很親切。）

(They seemed (to be) kind.)

それは面白そうだ。　　（那看起來有趣。）

(That sounds interesting.)

(2) 用言終止形　そう { だ。
です。　　（聽説 ～ 。）

表示「傳聞」之助動詞。

I hear (that).　I am told (that).　They say (that).

彼は会社を辞(や)めたそうだ。　　（聽説他辭掉了公司。）

(I hear that he quit the company.)

新聞によると円高はますます進むそうだ。

（據報載日圓還會升值。）

(The newspaper says that the yen rate will continue to
　rise.)

注意：「そうだ」用於「傳聞」時，只用「終止形」そうだ或そう
　　　　です。絶不用其他形，如「そうで」「そうに」等。

— 198 —

(3) 雨に降られませんでした。　（没有被雨淋濕。）

　　　　　　　表示「迷惑の受身」（受困擾之被動。）（間接性被動。）

妻に死なれました。　　　（由於太太先逝，而受困。）

説明：「受困擾之被動」，係屬於間接性之被動，則「下雨」「太
　　　太死」並非對著某人而來之動作，但某人（主語）會因此受
　　　困。反之，直接受某動作而「悲傷」或「高興」則屬於直接
　　　性之被動。
　　　如：車に轢かれた。　（ran over by a car.）
　　　　　先生に叱られた。　（scolded by the teacher.）
　　　　　先生に褒められた。　（praised by the teacher.）

五段動詞	れ る。 た。

上一段 下一段 カ變	られ る。 た。

(4)　「意志」助動詞「う」　　　　　　　will (do)
　　　　　　　　　「よう」

五段動詞未然形	う　と思います。

上一段動詞未然形 下一段動詞未然形 カ行變格動詞未然形 サ行變格動詞未然形 助動詞ます未然形	よう　と思います。

日本へ行こうと思っています。　（我想去日本。）

(I'll go to Japan.)

字引を買おうと思います。　（我想買辭典。）

(I'm going to buy dictionary.)

煙草を止めようと思いました。　（我想戒煙。）

(I thought I would give up smoking.)

窓を開け 〔 ようか。
　　　　 〔 ましょうか。　　　（我替你開窗好不好？）

(Do you want me to open the window?)

今年はもっと勉強しよう。　（今年要更加努力讀書。）

(I will study harder this year.)

明日は早く来よう。　（明天要早一點來。）

(I will come earlier tomorrow.)

(5) 　動詞連體形　　つもり 〔 だ。
　　　　　↓　　　　　　 〔 です。

　　　　　「意志」之形式名詞，等於「動詞未然形　うと思
　　　　　います。」「動詞未然形　ようと思います。」

上項(4)，可改換「つもりです」之句型。（除了「我替你打開窗好
嗎？」句以外。）

日本へ行くつもりです。
字引を買うつもりです。
煙草を止めるつもりです。
今年はもっと勉強するつもりです。
明日は早く来るつもりです。

〔練習問題〕

(一) 中文譯日文

(1) 天開始變黑了。

(2) 眼看著就要下雨了。

(3) 聽說會下雨。

(4) 哥哥看了天空之後説：「好像就要下雨了。」

(5) 父親聽了收音機之後説：「聽説會下雨。」

(6) 去上班之途中，下起雨來了。

(7) 因爲我帶著雨傘出門，所以没被雨淋了。

(8) 這場雨聽説會持續下到後天。

(9) 父親由出差回來了。

(10) 買回來 3 個蘋果作爲禮物。

(11) 看起來是很好吃似的蘋果。

(12) 聽説日本的蘋果最好吃。

(13) 看起來不好吃。

(14) 我想考高考。

(15) 看起來是考不上了。

(16) 考不上時，明年想再考。

(17) 聽説20人才考取 1 人。

(18) 聽説也有人没有大學畢業就考上了。

(二) 填充

(1) 空が曇って来ました。雨が降（　　　　　）。

(2) 父はラジオを聞いて「雨が降（　　　　　）」と言いました。

(3) この林檎は大きくて（　　　　　）です。

好吃的樣子

(4) この林檎は軟かくておいしく（　　　　　）。

　　　　　　　　　　看起來不好吃

(5) 準備をしていないので、受か（　　　　）ありません。

(6) 十分準備をしているので受か（　　　　）です。

(7) 林檎を（　　　　）買って帰りました。

　　　　　　做爲禮物

(8) 傘を持って出たので雨に（　　　　）でした。

(9) 傘を持って出なかったので雨に（　　　　）。

(10) 彼は妻（　　　　）大変悲しみました。

(11) 父に（　　　　）泣きました。

(12) 先生に（　　　　）大変嬉しかったです。

(13) 来年大学院の試験を受け（　　　　）思っています。

(14) 来年大学院の試験を受け（　　　　）です。

(15) 林檎は日本のが一番（　　　　）。

(16) 彼は今日は来（　　　　）ありません。

　　　　　　看起來不會來

(17) この雨は明後日の晩まで（　　　　）。

(18) 受からなかったら来年又（　　　　）。

(19) 今日は遅れたので、明日は早く来（　　　　）。

(20) 今日は遅れたので、明日は早く来る（　　　　）。

行ったことがあります。
行くことがあります。

正徳さんは日本へ行った事がありますか。

はい、行った事があります。

いつごろ行きましたか。

15年前に初めて行きました。それから何回か行きました。

今までに何回行きましたか。

全部で7回行きました。

今でも行くことがありますか。

はい、今でも2年に1度ぐらい行きます。

永和さんは日本料理を食べたことがありますか。

はい、あります。

何回食べましたか。

何回も食べました。

今でも日本料理を食べますか。

はい、時時お客さんを接待する為に、食べることがあります。

茂源さんはガイドの試験を受けたことがありますか。

いいえ、まだ受けたことはありません。

一度受けてみませんか。あなたならきっと受かると思います。

さあ、よく分かりません。受けてみないと……。でも、1度受けて
みようかと思っています。

正德先生，你去過日本嗎？　　　　　吃了幾次？
是！去過。　　　　　　　　　　　　吃了好幾次了。
大約什麼時候去的？　　　　　　　　現在仍然吃日本料理嗎？
15年前第1次去，然後去了幾次。　　是！常常爲了接待客人吃日本料
　　　　　　　　　　　　　　　　理。
到現在爲止，一共去幾次？　　　　　茂源先生，考過導遊考試嗎？
一共去了7次。　　　　　　　　　　不！還沒考過。
現在仍然去嗎？　　　　　　　　　　去考一次看看嘛！你一定能考取
是！現在仍然大約每2年去1次。　　啊！
永和先生吃過日本料理嗎？　　　　　哦！不一定，不考不知道。不過
是！有。　　　　　　　　　　　　我想考一次看看。

〔文型〕 ぶんけい

(1) 　動詞連用形　　たことがあります。　　（曾經～過。）（表示經驗）

　　　動詞連體形　　ことがあります。　（有時候 { 會 / 要 } ～。）（表示偶爾）

しあい で	
試合に出たことがあります。	（參加過比賽。）
試合に出ることがあります。	（有時候要參加比賽。）
勝ったことがあります。	（贏過。）
勝つことがあります。	（有時候會贏。）
負けたことがあります。	（輸過。）
負けることがあります。	（有時候會輸。）
彼と話をしたことがあります。	（跟他談過話。）
彼と話をすることがあります。	（有時候要跟他談話。）
彼に遇ったことがあります。	（見過他。）
彼に遇うことがあります。	（有時候會遇到他。）

(2) 今までに　（到現在以前）

今までに外国へ行ったことはありますか。

(Have you ever been abroad?)

今でも　（現在仍然）(still)

私は今でも台中に住んでいます。

(I'm still living in Taichung.)

今では　（現在已經～）(now)(no longer)

台中は今では大きい建物が建ち並ぶようになった。

(Many big building are standing in Taichung now.)

今にも　（眼看著就要～）(at any moment)

今にも雨が降りそうだ。

(It may rain at any moment.)

今に　（不久之將來）(before long)

今に泳げるようになるよ。

(You'll be able to swim before long.)

　　　（你不久就會游啊！）

(3) 疑問詞　も　＝　many　～
　　　　　　　　　好幾　～

試験に滑った人は $\left\{ \begin{array}{l} 幾人も \\ 何人も \end{array} \right\}$ います。

　　　（沒有考上的人有好幾個。）

日本へは $\left\{ \begin{array}{l} 何回も \\ 何度も \end{array} \right\}$ 行きました。　（日本已經去了好多次了。）

日本の本は何冊も読みました。　（日本的書唸了好幾本了。）

林檎は $\left\{ \begin{array}{l} 幾つも \\ 何個も \end{array} \right\}$ 食べました。　（蘋果吃了好幾個了。）

－205－

日本の着物は何枚も持っています。（日本的衣服 } 有好幾件。）

和　服 }

家は何軒も持っています。　　（房子有好幾幢。）

(4)　為に　　{ ①目的
　　　　　　{ ②原因、理由

①　日本へ行く為に勉強しています。

　　（爲了要去日本，所以才讀書。）

②　日本へ行った { 為に } お金がなくなりました。
　　　　　　　　 { ので }

　　（因爲去了日本，所以才把錢用光了。）

①　成功する為に努力をしています。

　　（爲了要成功，正在努力。）

②　成功した { 為に } 今では呑気な生活をしています。
　　　　　　 { ので }

　　（因爲成功了，所以現在才能過悠閒的生活。）

①　博士になる為に頑張っています。

　　（爲了要當博士，所以才在奮鬥。）

②　博士になった { 為に } 大学で教授になっています。
　　　　　　　　 { ので }

　　（因爲當了博士了，所以才能在大學當教授。）

〔練習問題〕

(一) 中文譯日文

(1) 你去過日本嗎？

(2) 不！還沒去過。

(3) 是！我去了好幾次了。

(4) 到目前為止，你已經去了幾次？

(5) 到目前為止，我已經去了 8 次。

(6) 你現在仍然有時候要去日本嗎？

(7) 是，現在仍然每 2 年去日本 1 次。

(8) 你吃過日本料理嗎？

(9) 是！我吃過好幾次了。

(10) 你現在仍然在吃日本料理嗎？

(11) 是！有時候為了接待客人要吃日本料理。

(12) 你考過導遊考試嗎？

(13) 不！我沒有考過。

(14) 你想考 1 次看看嗎？

(15) 你一定會考取的。

(16) 唔！不考考看是不知道的。

(17) 我想去考一次看看。

(18) 你遇到過太田先生嗎？

(19) 自從 5 年前遇到之後再也沒有遇到過。

(20) 台中現在已不是小都市了。

(21) 台中市在不久的將來一定會超過台北市的。

(22) 是！我想一定會變這樣。

(二)　填充

(1)　日本へ（　　　　）ことがありますか。
　　　　　　経驗

(2)　日本へ（　　　　）ことがありますか。
　　　　　有時候

(3)　忙しいが、今でも時時泳ぎに（　　　　）ことがあります。

(4)　海へ泳ぎに（　　　　）ことが1度あります。

(5)　国内で飛行機に（　　　　）ことはまだ1度もありません。

(6)　今でも時時飛行機に（　　　　）ことがあります。

(7)　まだ1度も怒（おこ）（　　　　）ことのない人はいないでしょう。
　　　　　　　　生氣

(8)　彼は大変温和（おとな）しいが、それでも（　　　　）ことがあります。
　　　　　　　　　　　　　　　　生氣

(9)　彼は大変丈夫なので、1度も病気を（　　　　）ことはありま
　　せん。

(10)　彼は大変丈夫だが、それでも時時風を（　　　　）ことがあり
　　ます。

(11)　東京へは（　　　　）行きました。

(12)　北海道へはまだ1度も（　　　　）ことはありません。

(13)　北海道へ1度（　　　　）みたいですか。

(14)　はい、1度是非（ぜひ）（　　　　）みたいと思っています。

(15)　あなたは（　　　　）日本語を勉強していますか。
　　　　　　現在仍然

(16)　忙しいので（　　　　）もう勉強していません。

(17)　あなたは（　　　　）きっと成功しますよ。
　　　　　　不久之後

(18)　彼は大変顔色が悪くて（　　　　）倒（たお）れそうです。
　　　　　　　　眼看著就要

太っています。（胖）
痩せています。（痩）

明海さんはどんな格好をしていますか。

服装のことを聞いていますか、それとも、体格のことを聞いていますか。

どんなタイプをしているかということです。

そうですね。彼は少し太っています。背は高くもなく、低くもありません。中肉中背ですね。

前はもっと太っていました。しかし、ジョギングをやって大分前より痩せて来ました。

茂源さんはどんな格好をしていますか。
彼は背が高くて痩せています。
茂源さんと明海さんとではどちらが背が高いですか。
茂源さんの方が背が高いです。しかし、彼は明海さんほど太ってはいません。

明賢さんはどうですか。
彼も中肉中背の方ですが、明海さんよりは少し痩せています。背は明海さんぐらいです。年も同じぐらいです。年は茂源さんの方が少し上なのかも知れません。とにかく彼らは皆優秀な人達です。

課文中譯

明海先生長得怎樣？

你是問服裝？還是問體格？
我是問他的身材。

唔！他稍微胖，個子不高不矮，
算是中等身材。

以前更胖，可是練了慢跑之後，
比以前瘦了很多。

茂源先生是什麼樣的身材？

他個子高瘦。

茂源先生和明海先生比起來，哪
一位個子比較高？

茂源先生比較高。可是他不像明
海先生那麼胖。

明賢先生如何？

他也算是中等身材，但比明海先
生瘦一點，個子和明海先生差不多。
年齡也差不多，年齡也許茂源先生
稍微大一點。總之，他們都是優秀
的人。

〔文型〕

⑴　どんな ｛格好／体格／服装｝ をしていますか。　（具有什麼樣的外表？
　　　　　　　　　　　　　　　　　　穿著什麼樣的服裝？）

「する」之連用形「し」之現在進行形「しています」有各種情形。

(A) 表示「動作」正在進行。

勉強をしています。　　（正在讀書。）

運動をしています。　　（正在運動。）

テニスをしています。　（正在打網球。）

剣道をしています。　　（正在打劍道。）

授業をしています。　　（正在授課。）

散歩をしています。　　（正在散步。）

買物をしています。　　（正在購物。）

電話をしています。　　（正在打電話。）

心配をしています。　　（正在擔心。）

病気をしています。　　（正在生病。）

(B) 表示「有某種外表」。

いい体格をしています。　　（有一副好體格。）

きれいな格好をしています。　（穿著很漂亮。）

　　　　　　　　　　　　　　（有一副好看的**外表**。）

大きい目をしています。　　（有一雙大眼睛。）

にこにこしています。　　　（笑嘻嘻的。）

かんかんしています。　　　（怒氣溢於外表的，氣沖沖的。）

赤い色をしています。　　　（呈現著紅色。）

真青_{まっさお}な顔をしています。　　（臉色蒼白的。）

しっかりしています。　　　（很堅固的樣子。）

　　　　　　　　　　　　　　（很可靠的樣子。）

へなへなしています。　　　（很軟弱的樣子。）

貧乏_{びんぼう}しています。　　　　（很窮。）

迷惑_{めいわく}しています。　　　　（正受困擾。）

感謝_{かんしゃ}しています。　　　　（心裏充滿感激。）

閉口_{へいこう}しています。　　　　（覺得毫無辦法。）

(2) それとも。（接續詞）　　（或者是）　（還是）

ジュースにしますか、それとも、ビールにしますか。

　　　（您要果汁還是啤酒？）

行きますか、それとも、止_やめますか。　（要去還是不要去？）

進学_{しんがく}しますか、それとも、就職_{しゅうしょく}しますか。（要升學還是要就業？）

(3)　「比較」之四種說法。

例如：拿「猫_{ねこ}」和「犬_{いぬ}」來比較。

問_{とい}：「猫と犬とはどっちが大きいですか。」

答：「犬は猫より大きいです。」（狗比貓大。）

「猫と犬とは犬の方が大きいです。」

（貓和狗比起來，是狗比較大。）

「あの猫は犬ぐらい大きいです。」（那隻貓像狗那麼大。）

「猫は犬ほど大きくないです。」 （貓不像狗那麼大。）

① 「より」（副助詞）表示某某比某某怎麼樣。

② 「の方が」（「方」是名詞，加強「比較」之語氣。）

表示某某比較怎麼樣。

③ 「ぐらい」（副助詞）表示「程度」，作「像某某那樣」解釋。

④ 「ほど」（副助詞）和「ぐらい」同樣是表示「程度」。

「ほど」往往用於否定形，作「不像某某那樣」解釋。

再拿日本和台灣來作個比較。

① 日本は台湾より
- 大きいです。
- 工業が進んでいます。
- 物が高いです。
- 静かです。

② 日本と台湾とは日本の方が
- 大きいです。
- 工業が進んでいます。
- 物が高いです。
- 静かです。

③ 台湾は日本の九州ぐらい大きいです。

④ 台湾は日本ほど
- 大きくはないです。
- 工業は進んでいません。
- 物は高くはありません。
- 静かではありません。

⑷　個子（身高）用形容詞（高い、低い）表示。

身材（順位）用動詞（太る、痩せる）表示。

蔡さんは ┤背が高いです。　　　（蔡先生個子高。）　　　　┐

　　　　 └体が痩せています。　（蔡先生身材瘦。）　　　　├ 已經是固定

　　　　　　　　　　進行形　　　　　　　　　　　　　　 │ 的體格。

林さんは ┤背が低いです。　　　（林先生個子矮。）　　　　│

　　　　 └体が太っています。　（林先生身材胖。）　　　　┘

　　　　　　　　　　進行形

子供は毎年背が高くなります。　（孩子每年都會長高。）　　　┐

　　　　　　　　加動詞（なる）　　　　　　　　　　　　　　│

老人は背が低くなります。　（老人個子會變矮。）　　　　　　│

運動する人は体が痩せます。　（要運動的人，會瘦下來。）　　│

　　　　　　不用進行形（ています）　　　　　　　　　　　　│

運動しない人は体が太ります。　（不運動的人會胖。）　　　　├ 還在變動中的體格。

　　　　　　不用進行形（ています）　　　　　　　　　　　　│

病気　　　 ┤をして体が痩せました。（因為 ┤生病 ├ 消瘦了。）│

マラソン　 ┘　　　　　　　　　　　　　　 └長跑 ┘　　　　　│

肉を食べ　 ┤て体が太りました。　　　　　　　　　　　　　　│

運動をしなく┘　　　　　　　　　　　　　　　　　　　　　　│

　　　（因為 ┤吃了肉 ├ 身體發胖了。）　　　　　　　　　　│

　　　　　　 └没運動 ┘　　　　　　　　　　　　　　　　　 ┘

台語「吃好做輕苦」可説「いい物を食べて運動をしない。」

いい物を食べて運動をしないので、今の人は大抵太っています。

　　　　　　　　因為～所以…　一般都

（現在的人「吃好做輕苦」，所以一般都胖嘟嘟的。）

〔練習問題〕

(一) 中文譯日文

⑴ 他長得怎麼樣？

⑵ 你是在問服裝還是問身材？

⑶ 您要果汁還是要啤酒？

⑷ 你要去還是不要去？

⑸ 他不胖也不瘦。

⑹ 他個子高，身材瘦。

⑺ 他因為練長跑瘦了很多。

⑻ 他因為不運動發胖了。

⑼ 蔡先生比林先生高。

⑽ 黃先生沒有比蔡先生高。

⑾ 黃先生的個子像許先生那樣。

⑿ 顏先生的個子像蔡先生那樣。

⒀ 台灣和日本比起來哪一邊比較好住？（住みやすい。）

⒁ 台灣比較好住。

⒂ 日本不像台灣那麼好住。

⒃ 九州像台灣那麼大。

⒄ 因為「吃好做輕苦」，現今的人都很胖。

⒅ 不運動的話，會發胖哦！

⒆ 因為練慢跑瘦了10公斤了。（１０キロ）

⒇ 相撲之力士都很胖。（お相撲さん）

(二) 塡充

⑴ 日本は台湾（　　　　　）大きいです。

⑵ 日本と台湾とは日本の（　　　　　）大きいです。

⑶ 九州は台湾（　　　　　）大きいです。

(4) 日本は台湾（　　　　　）交通は乱れていません。

(5) 日本と台湾とは、（　　　　　）が住みやすいですか。

(6) 運動をしなかったので、（　　　　）ました。

(7) 肉を沢山食べたので、（　　　　）ました。

(8) マラソンを３か月やって（　　　　）ました。

(9) 病気をして５キロ（　　　　）ました。

(10) 彼は背が（　　　　）痩せています。

(11) 林さんは背が（　　　　）太っています。

(12) あの子供は最近１０センチぐらい背が（　　　　）ました。

(13) あの子供は最近５キロぐらい体が（　　　　）ました。

(14) 行きますか、（　　　　）、行きませんか。

(15) いい物を（　　　　）運動をしないので、皆太っています。

(16) ジョギングを（　　　　）前より大分痩せました。

(17) 彼はどんな（　　　　）をしていますか。

(18) 太ってもいません、（　　　　）もいません。

(19) 彼は年は私より少し上なのかも（　　　　）。

(20) （　　　　）彼等は皆優秀な人ばかりです。

　　　　総之

旅館に泊まる（住旅館）

旅客「今晩Ⅰ晩泊まりたいのですが、………。」

ホテルの人「いらっしゃいませ。何名様でいらっしゃいますか。」

旅客「私Ⅰ人ですが、………。」

ホテルの人「どんなお部屋になさいますか。」

旅客「見晴らしのいい部屋がいいですが、………。」

ホテルの人「それなら8階にございます。ダブルベッドのはⅠ泊Ⅰ
５０００円、　ツインのはⅠ泊Ⅰ８０００円、シングルのは１００００
円でございます。」

旅客「シングルでよろしいです。」

ホテルの人「では、８０２室の鍵を差し上げます。エレベーターは
そちらにございます。パスポートを拝見させて頂きます。」

旅客「モーニングコールをして頂けますか。」

ホテルの人「何時にお起こし致しましょうか。」

旅客「明朝6時半に起こして下さい。」

課文中譯

旅客「今晩想住一晚。」

旅館的人「歡迎光臨。幾位呢？」

旅客「我一個人。」

旅館的人「要什麼樣的房間？」

旅客「我要展望好的房間。」

旅館的人「那8樓有，雙人床的
一晚１萬５千日幣，單人床排兩個
的一晚１萬８千日幣，單人床一晚
１萬日幣。」

旅客「單人床就好了。」

旅館的人「那麼給您802室之鑰
匙。電梯在那邊，請讓我看一下護
照。」

旅客「請明天早上給我叫醒可以
嗎？」

旅館的人「幾點鐘叫醒？」

旅客「請明天早上6點半叫醒。」

(1) 敬語 (polite expressions ; an honorific)

爲表示對別人之尊敬，日語有很有體系之説法，除本課涉及到之敬語之外，作一個有系統之介紹。

〔敬 語〕(an honorific)

① 丁寧語 (敬體)	② 尊敬語 (用於對方之動作)	③ 謙讓語 (用於説話本人之動作)	備　考
動詞 ます。 名詞 形容詞 形容動詞 です。 語幹	◯	◯	「要……。」「會……。」 「是……。」
行きます。 来ます。 居ます。	いらっしゃいます。	まいります。 (只有行きます、来ます之意。)	①「いらっしゃいませ。」爲命令形作「歡迎光臨」譯，亦有「請您來」「請您去」「請您在」之意。 ②謙讓語没有命令形及疑問句。
します。	なさいます。	いたします。	「做……。」
名詞 です。 であります。	名詞 でいらっしゃいます。	名詞 でございます。	「是……。」
場所 にあります。	◯	場所 にございます。	「在……。」
拝見します。	御覧になります。	拝見させていただきます。	「要看……。」
……をして貰えますか。	……をして頂けますか。	◯	「能不能請您……？」
食べます。 飲みます。	召し上がります。	頂きます。	「吃……。」 「喝……。」
受與動詞 貰います。	◯	頂きます。	「拿」「領取」
受與動詞 上げます。	◯	上げます。 差し上げます。	「給您」
受與動詞 くれます。	下さいます。	◯	「給我」

何名様でいらっしゃいますか。 ＝ 何人ですか。(是幾個人呢？)

回答時，千萬不能模仿對方的「尊敬語」，這點要特別注意。

答句：　　1人です。

　　　　　2人です。

　　　　　3人です。

　　　　　皆<ruby>皆<rt>みんな</rt></ruby>で１０人です。..........etc.

どんなお部屋になさいますか。　＝　どんなお部屋にしますか。

　　　（您要什麼樣的房間？）

それなら８階にございます。　＝　それなら８階にあります。

　　　（那麼那種房間在８樓有。）

シングルのは１００００<ruby>円<rt>えん</rt></ruby>でございます。　＝　シングルの<ruby>部屋<rt>へや</rt></ruby>は
１００００円です。

　　　（單人床的房間是１萬日幣。）

パスポートを<ruby>拝見<rt>はいけん</rt></ruby>させて<ruby>頂<rt>いただ</rt></ruby>きます。　＝　パスポートを拝見させて
もらいます。　＝　パスポートを拝見<ruby>致<rt>いた</rt></ruby>します。

　　　（請讓我看護照。）

モーニングコールをして頂けますか。　＝　モーニングコールをし
て<ruby>貰<rt>もら</rt></ruby>えますか。

　　　（能不能請旅館明天早上叫醒我？）

<ruby>何時<rt>なんじ</rt></ruby>にお<ruby>起<rt>お</rt></ruby>こし<ruby>致<rt>いた</rt></ruby>しましょうか。　＝　<ruby>何時<rt>なんじ</rt></ruby>に<ruby>起<rt>お</rt></ruby>こしましょうか。

　　　（幾點鐘叫醒您呢？）

⑵　いらっしゃいませ。　＝　「いらっしゃいます。」之命令形。

　　這個單語是很普遍的。當做「歡迎光臨」使用，但其來龍去脈則少
　　有人知道，今將它之活用形介紹如下：

單　　　語	動詞名稱	語　尾	未然形	連用形	終止形	連體形	假定形	命令形
いらっしゃる	ラ行五段<ruby>動　詞<rt>ごこだん</rt></ruby>	る	らろ	りっい	る	る	れ	い
ま　す	特　殊　型助　動　詞	ます	ませませょ	まし	ます	ます	○	ませまし

－218－

如上述「いらっしゃる」有「行く」「来る」「居る」3種意思。

どこへいらっしゃいますか。 ＝ どこへ行きますか。

　　　（往哪裏去？）

明日いらっしゃいますか。 ＝ 明日来ますか。 （明天要來嗎？）

部長は事務室にいらっしゃいますか。 ＝ 部長は事務室に居ます

か。　　　（總經理在辦公室嗎？）

田中さんはここにいらっしゃっています。 ＝ 田中さんはここに

来ています。　　（田中先生已經來這裏了。）

山田さんはまだいらっしゃいません。 ＝ 山田さんはまだ来ませ

ん。　　（山田先生還没來。）

いらっしゃい、いらっしゃい。

　　　（商人向過路的客人大聲喊，叫他（她）們進來買。等於是「

　　來買！來買！」。）

お元気でいらっしゃいますか。 ＝ お元気ですか。

　　　（心身如意嗎？您好嗎？）

林さんでいらっしゃいますか。 ＝ 林さんですか。

　　　（您是林先生嗎？）

まだいらっしゃらない人がいます。 ＝ まだ来ない人がいます。

　　　（還有人没有來。）

台湾へいらっしゃったら私のうちへお寄り下さい。 ＝ 台湾へ来

たら私のうちへ来て下さい。

　　　（若到台灣來，請到我家。）

(3)　泊まる　　（①住旅館等。②停泊在港口。）

旅館に泊まらないで友達のうちに泊まります。

　　　（不住在旅館，而要住在朋友家。）

船が港に泊まる。　　（船停泊在港口。）

泊<ruby>と<rt></rt></ruby>まりは１泊<ruby>いっぱく<rt></rt></ruby>１００００円です。 　（住一晚是１萬日幣。）

（名詞）

⑷　起<ruby>お<rt></rt></ruby>こす　（叫醒）(wake up) (call)　　サ行五段活用他動詞。

母が６時に私を起<ruby>お<rt></rt></ruby>こすと私は６時に起<ruby>お<rt></rt></ruby>きる。

カ行上一段自動詞

（若母親於６點把我叫醒，我就於６點起床。）

私は６時に起きたいので、旅館（ホテル）に６時に起こしてくれ

るように頼<ruby>たの<rt></rt></ruby>みました。

（因爲我想於６點起床，所以拜託旅館於６點把我叫醒。）

〔關係用語〕

①　フロント　front　　　旅館的１樓櫃台

　　　　　　　　　　　　受理旅客住宿登記的地方。

②　ロビー　lobby　　　旅館入口處的廣廳

　　　　　　　　　　　　用於休息或接客。

③　チェックイン　check in　　住旅館之手續。

④　チェックアウト　check out　　離開旅館之手續。

⑤　ツインベッド　twin bed　　兩個床舖１組之床舖。

⑥　モーニングコール　morning call　早上由旅館用電話叫醒。

〔練習問題〕

(一)　中文譯日文

⑴　我想今晚住一晚。

⑵　請問幾位？

⑶　只有我一個人。

⑷　您要什麼樣的房間？

⑸　我要展望好的房間。

⑹　那麼，那種房間在10樓。

⑺　旅館費，雙人床是18,000日幣。

⑻　旅館費，單人床是10,000日幣。

⑼　單人床就好嗎？

⑽　能不能早上叫醒我？

⑾　可以，幾點鐘叫醒？

⑿　請明天早上6點叫醒。

⒀　請給我看護照。

⒁　我要退房了。（チェックアウト）

(二)　塡充

⑴　今晩1晩（　　　　）たいのですが、………。

⑵　何名様で（　　　　）ますか。

⑶　私1人だけ（　　　　）。

⑷　どんなお部屋に（　　　　）ますか。

⑸　（　　　　）のいい部屋がよろしいです。
　　　　展望

⑹　それなら8階に（　　　　）が。

⑺　ツインのは1泊15000円（　　　　）ます。

⑻　シングルで（　　　　）です。

(9) では９１２号室の鍵を（　　　　）ます。

(10) エレベーターはそちらに（　　　　）ます。

(11) パスポートを拝見（　　　　）て頂けませんか。

(12) モーニング（　　　　）をして頂けますか。

(13) 何時に（　　　）致しましょうか。

(14) 明朝６時半に（　　　　）て下さい。

道を尋ねる （問路）

「東京堂書店へ参りたいのですが、どう行ったらよろしいでしょうか。」

「ああ、神田の東京堂書店ですね。それなら、先ず地下鉄に乗って神田駅で降りて下さい。」

「有難うございました。」

「もしもし、ちょっとお尋ねしますが、東京堂書店へ行きたいのですが、………。」

「ああ、それは錦町にございますから、この道を真直ぐ行って2つ目の十字路の所で又聞いて下さい。」

「済みません。ちょっとお伺いいたしますが、この辺に東京堂書店という本屋はありませんでしょうか。」

「あります。この先、60メートルばかり行った所に路地がありますね。その路地の角を左へ曲がると左に東京堂書店があります。看板が掛けてありますから、すぐ分かりますよ。」

「そうですか。どうも有難うございました。」

「我想去東京堂書店，不知道要怎樣去？」

「啊！你是說神田的東京堂書店。那一家的話，你先搭地下鐵，在神田站下車就好了。」

「喂！喂！請問一下！我想到東京堂書店。」

「啊！那在錦町，所以你這一條路一直走在第2個十字路那裏請再問一下！」

「對不起，請問一下！這一帶有没有叫做東京堂書店之書店？」

「有。這個前面大約走60公尺的地方有一條巷子。在那條巷子的角落往左邊轉彎就在左邊看得見東京堂書店。有掛著招牌所以你很容易就可以找到啊！」

「是嗎？非常謝謝！」

〔文型〕ぶんけい

(1)　………へ ｛ 参（まい）り ｝ たいのですが、……。　　（我想到……。）
　　　〔目的地〕　｛ 行（い）き ｝

表示「希望」之助動詞。　表示委婉的語氣。

もう一度（いちど）話（はな）し合（あ）いたいのですが、………。

　再一次　互相協調

　　　（我想再跟你協調一次。）

　　（I'd like to talk with you again.）

今日（きょう）は休（やす）みたいと思（おも）いますが、……。　（我想今天休息一次。）

　　（I'd like to take a rest today.）

(2)　どう行（い）ったらよろしいですか。　　（怎樣去才好呢？）

　　（How to get there?）

　　どう勉強（べんきょう）したらよろしいでしょうか。　　（怎樣讀才好呢？）

　　（How to study?）

── 224 ──

(3) ………たがる。

　　　　表示「第三人稱之希望」。

彼女は全く運動したがらない。　（她完全不運動。）

(She never wants to exercise.)

彼はしきりにあなたに会いたがっている。（他一直很想見你。）

　　　強烈地

(He eagerly wants to see you.)

子供は遊びたがる。　（孩子都貪玩。）

(Children are all want to play.)

(4) それなら ＝ もしそんなことなら。　（若是它，若是這樣）

(in that case ; if so)

「彼女は来ない。」　　　　「それなら、僕は帰る。」

（她不來了。）　　　　　　（若是這樣，我就回家。）

(She won't come.)　　　(If so, I'm leaving.)

「試験は６０点ぐらいだ。」「それなら、受かるよ。」

（考試差不多60分啦。）　　（若是這樣，會考取啦。）

(5) もしもし　　　（感動詞，呼叫別人時用。）

（喂！喂！）　　(Hello! ; Excuse me.)

〔打電話時〕　もしもし、山本さんのお宅ですか。

　　　　　　　　（喂喂！是山本先生之府上嗎？）

　　　　　　　　(Hello, is this the yamamoto's residence?)

〔在路上〕　　もしもし、何か落ちましたよ。

　　　　　　　　（喂喂，你掉了東西了。）

　　　　　　　　(Excuse me, you dropped something.)

(6)　ちょっと　{ お伺い / お尋ね } 致しますが、……。　（請問一下，……。）

　　　ちょっと聞きますが、……。

　　　「伺う」＝ { 尋ねる / 聞く } 之謙讓語。

　　　　　　　（問）

「伺う」除「詢問」外，尚有如下兩個意思。

① 聽長輩的人之講話。
　一度お会いして先生のお話をお伺いしたいと思います。

　　（想見一次面，聆聽老師的話。）

② 拜訪長輩之人。
　明日お伺いしたいと思いますが、御都合は如何でしょうか。

　　（明天想去府上拜訪，不知您方便不方便？）

－226－

〔練習問題〕

(一) 中文譯日文

⑴ 我想到東京車站不知道要如何走？

⑵ 我想到上野動物園去，不知道要如何走？

⑶ 哦！那你這條路一直走大約 100 公尺再問吧！

⑷ 哦！那你走到那紅綠燈向右轉彎走50公尺吧！

⑸ 想到開封街一段之「鴻儒堂書店」不知如何走？

⑹ 哦！那你在台北車站前下車，走館前路再向右轉吧！

⑺ 哦！那離車站很近，你很快就可以找到啦！

⑻ 請問一下，「添財」日本料理店怎麼去？

⑼ 哦！那一家在巷子裏面，你走到重慶南路，在那裏再問吧！

⑽ 喂！喂！請問一下，這附近有沒有專賣日文的書店？

⑾ 哦！那你往開封街一段19號之鴻儒堂書店罷！

⑿ 那裏的話，幾乎任何日文書都有。

(二) 塡充

⑴ もし、もし、台北の新公園〔しんこうえん〕へ（　　　　　）たいのですが、……。

⑵ ああ、（　　　　　）、台北駅前〔たいほくえきまえ〕の館前路〔かんぜんろ〕を真直〔まっす〕ぐ行って下さい。

⑶ もし、もし、この近くに鴻儒堂〔こうじゅどう〕（　　　　　）本屋はないでしょうか。

⑷ あ、（　　　　　）開封街一段十九号〔かいふうがいいちだんじゅうきゅうごう〕にあります。

⑸ ここから近いですから、（　　　　　）分かりますよ。

⑹ 「添財」という日本料理屋へ（　　　　　）たいのですが、……。

⑺ あ、それは（　　　　　）の中にあります。

⑻ 重慶南路へ行ってそこで又（　　　　　）て下さい。

⑼ ちょっとお（　　　　　）します。このへんに本屋はないでしょうか。

⑽ 明日先生のお宅へお（　　　　　）たいのですが、……。

電話を掛ける（⑴家庭へ）

「もしもし、林と申す者でございますが、山田さんのお宅でいらっしゃいますか。」

「はい、山田でございます。」

「山田義雄さんにお話がしたいんですが、………。」

「主人は今出ておりますが、………。」

「何時頃お帰りになるでしょうか。」

「午後7時頃、もう1度お掛けなさって下さい。」

「はい、分かりました。その時に又、お掛けします。」

「もしもし、今朝お電話をした林でございますが、………。」

「はい。」

「御主人さんはお帰りになっていますか。」

「はい、暫らくお待ち下さい。」

「はい、電話が変わりました。山田義雄ですが、どなた様でいらっしゃいますか。」

「先日お世話になりました林でございます。」

「ああ、林さんですか。今朝は失礼致しました。今、どこにいらっしゃいますか。」

「上野駅におりますが、明日御都合よろしいでしょうか。」

「午後2時から開きます。それじゃ3時に上野公園の西郷隆盛の銅像の前でお会いしましょう。」

「喂喂！我姓林，是山田先生的府上嗎？」
「是！我們是山田。」
「我想跟山田義雄先生講話。」
「我先生現在剛好出去。」
「幾點鐘左右可以回來？」
「請於下午7點左右再打電話來！」
「好！知道啦！我會再打。」
「喂喂！我是今天早上打電話的姓林的。」
「哦！」
「你先生回來了嗎？」

「哦！請稍等一下！」
「哦！換人了，我是山田義雄，請問是哪一位？」
「我是前幾天承蒙照顧的姓林的。」
「啊！林先生！今天早上對不起，現在在哪裏？」
「我在上野車站，明天有空嗎？」
「下午2點起就有空。那麼3點在上野公園的西鄉隆盛銅像前見面罷！」

〔文型〕

(1) 林と ｛申します。 (我叫做林。) (我姓林。)
    ｛言います。

「申す」爲「言う」之謙讓語。

「仰しゃる」爲「言う」之尊敬語。

山田さんと ｛仰しゃい｝ ますか。 (您叫做山田先生嗎？)
         ｛言い｝

林と申す者でございます。 (我叫做林。) (我姓林。)
       ↑   「あります」之謙讓語。
    「人」之謙讓語。

山田さんと仰しゃる方でいらっしゃいます。
              ↑   「あります」之尊敬語。

        「人」之尊敬語。

(這一位是叫做山田先生的一位先生。)

(2) お帰りにな｛るでしょうか。　　　　（回來嗎？）
　　　　　　　　りますか。　　　　　　（尊敬語）

　　帰｛るでしょうか。　　　　　　　　（回來嗎？）
　　　　りますか。　　　　　　　　　　（普通之説法)

　　お　| 動詞 | にな｛る。　……………尊敬之句子。
　　　　　　　　　　　　ります。

　　お　| 動詞 | する。　………………謙讓之句子。
　　　　　　　　します。

尊敬語｛支配人は｛新聞をお読みになっています。
　　　　　　　　　　（總經理正在看報紙。）
　　　　　　　　　　公文書をお書きになっています。
　　　　　　　　　　（總經理正在寫公文。）
　　　　　何時頃お休みになりますか。　（幾點左右就寢？）

謙讓句｛明日又、お電話します。　　　（明天再打電話給您。）
　　　　銅像の前でお待ちします。　　（我在銅像前面等您。）
　　　　分かればお知らせします。　　（一知道就告訴您。）

(3) 都合が｛よろしい。
　　　　　　よい。　　　　（時間、金錢以及其他條件方便。）
　　　　　　いい。

　　　　　｛わるい。
　　　　　　よくない。　　（時間、金錢以及其他條件不方便。）

日曜日なら都合がよろしいですが、……。
　　　（如果是禮拜天，就方便了。）

今日はちょっと都合がわるいですが、……。

－230－

（今天 ┌ 没有 ┌ 時間。）
　　　│　　　└ 金錢。
　　　└ 不方便。
何時が御都合がよろしいでしょうか。　　（您什麼時候方便？）

〔練習問題〕

(一) 中文譯日文

⑴ 請問是哪一位？

⑵ 我姓林。

⑶ 我是一個叫做姓林的人。

⑷ 請問太田先生在家嗎？

⑸ 對不起，他剛好出去了。

⑹ 請下午再打電話來！

⑺ 好！我會再打電話給您。

⑻ 您什麼時候方便？

⑼ 禮拜天就比較方便。

⑽ 現在不方便。

⑾ 我是上一次承蒙照顧的姓林的。

⑿ 下午３點以後就有空。

⒀ 那麼，在車站前面見面罷！

⒁ 昨天對不起！現在在哪裏？

⒂ 我想跟您講話。

(二) 填充

⑴ 太田さんのお宅で（　　　　）ますか。

⑵ 林と（　　　　）者でございますが、……。

⑶ 太田さんにお会い（　　　　）のですが、……。

⑷ 何時頃お帰りに（　　　　）でしょうか。

⑸ 多分７時頃帰る（　　　　）ますが、……。

⑹ 今うちにいません。外(そと)に（　　　　）ますが、……。

⑺ もしもし、電話が（　　　　）ました。

換人了

(8) 今朝は（　　　　）致しました。
　　　　　　　對不起

(9) では、午後6時頃又、お（　　　　）ます。
　　　　　　　　　　　　打電話

(10) すぐ帰ります。（　　　　）お待ち下さい。
　　　　　　　　一會

(11) 先日（　　　　）になりました林でございます。
　　　　　承蒙照顧

(12) 何時が御都合が（　　　　）でしょうか。

(13) 銅像の前でお（　　　　）ましょう。
　　　　　　　見面

(14) どなた様で（　　　　）ますか。

(15) 土曜日の午後から時間が（　　　　）ます。
　　　　　　　　　　空出來

(16) 日曜日は大抵うちに（　　　　）。
　　　　　　　　　在

電話を掛ける（⑵会社へ）

「もしもし、そちらは武村電機株式会社でいらっしゃいますか。」
「もしもし、武村電機でございます。どちらにお繋ぎ致しましょうか。」
「技術課の永田一郎様に繋いでいただきたいのですが、……。」
「暫らくその儘でお待ち下さい。」
「もしもし、永田は今ほかの電話で話し中です。お待ちになりますか。」
「後１０分してから又、お電話致します。」
「もしもし、さっきお電話した劉でございますが、永田一郎様にもう１度繋いで頂けませんか。」
「少少お待ち下さい。」
「はい、どうぞお話下さい。」
「もしもし、永田様でいらっしゃいますか。劉と申す者でございます。商用で東京に来ております。」
「ああ、劉さんですか。どこにいらっしゃいますか。」
「渋谷駅前におりますが、……。」
「会社へ来てくれますか。それとも退勤まで待ってくれますか。」
「退勤後に渋谷駅の八公の銅像の所に来て頂きたいと思います。」
「分かりました。そうしましょう。」

「喂喂！您那裏是武村電機股份公司嗎？」

「喂喂！我這裏是武村電機公司。接哪裏好呢？」

「請接技術課永田一郎先生。」

「請不要掛斷，稍等一下。」

「喂喂！永田現在在別的電話講話中。您要等嗎？」

「我10分鐘之後再打。」

「喂喂！我是剛才打電話的姓劉的。麻煩再接永田一郎先生一次。」

「請稍等一下。」

「好！請講話。」

「喂喂！您是永田先生嗎？我是姓劉的。現在因爲經商來東京。」

「啊！您是劉先生。現在在哪裏？」

「我在澀谷車站前面。」

「你要來公司，或等到我下班？」

「我想請您下班後來澀谷車站八公狗銅像之地方。」

「好！就這樣罷！」

〔文型〕ぶんけい

(1) 電話を繋 ぐ。
　　　　　　ぎます。　　　　　　（接電話給某人。）
　　　　　　いで 下さい。　　　　（請接電話給某人。）
　　　　　　　　 頂けますか。　　（能不能請你接電話給某人？）

　　手を繋ぐ。　　（要手牽手。）

(2) その儘で。　　（保持現在的姿勢，做……。）

　　座った儘で答えて下さい。　　（請坐著回答。）

　　帽子を被った儘で部屋に入ってはいけません。

　　　　　　（不要戴帽子進來房間。）

　　傘を差した儘で教室に入ってはいけません。

　　　　　　（不要打著雨傘進來教室。）

　　靴を履いた儘で日本の部屋に入ってはいけません。

　　　　　　（不要穿著鞋子進來日本式的房間。）

準備をしない儘で試験を受けました。（没有準備就去應考。）
裸の儘で外へ出ました。　　（赤著身體出外面了。）

(3)　後１０分 $\left\{ \begin{array}{l} した \\ 経っ \end{array} \right\}$ てから。　　　　（經過10分鐘之後才……。）

あれから１０年 $\left\{ \begin{array}{l} し \\ 経ち \end{array} \right\}$ ました。（從那時起已經經過10年了。）

１か月も $\left\{ \begin{array}{l} した \\ 経た \end{array} \right\}$ ないで止めました。（不到一個月就不做了。）

私のうちから学校まで歩いて１時間 $\left\{ \begin{array}{l} し \\ かかり \end{array} \right\}$ ます。

（從我家走到學校需要一小時。）

〔練習問題〕

(一) 中文譯日文

⑴ 喂喂！您那裏是豐興鋼鐵股份公司嗎？

⑵ 是！我這裏是豐興鋼鐵股份有限公司。

⑶ 煩請接林董事長。

⑷ 董事長，現在在別的電話講話中。

⑸ 能不能請您稍等一下？

⑹ 請不要掛斷，稍等一下。

⑺ 請再10分鐘之後打進來！

⑻ 我是剛才打電話給您的姓顏的。

⑼ 煩請再接董事長一次好不好？

⑽ 好！請講話。

⑾ 我現在以經商目的來東京。

⑿ 現在在車站內之公共電話打電話。

⒀ 能不能請你等到我下班之後？

⒁ 能不能請你下班後到車站一下。

⒂ 我想在銅像之前面和你見面。

⒃ 我在「鈴蘭咖啡室」等你。

(二) 填充

⑴ 暫らく（　　　　　　　　）でお待ち下さい。

　　　　　　　　　保持現在姿勢

⑵ 後10分（　　　　　）又お掛け致します。

　　　　　　　　經過

⑶ （　　　　　）お電話した顔という者でございます。

　　　　剛才

⑷ 今（　　　　　）で東京に来ております。

　　　　　經商

－237－

(5) 会社へ（　　　　）くれますか。

　　　　　　　來

(6) 退勤後、駅まで（　　　　　）頂きたいと思います。

(7) 永田様にもう一度（　　　　　）下さいませんか。

　　　　　　　　　接

(8) 社長は別の電話で（　　　　）です。

(9) 電話がつなぎましたから、どうぞ（　　　　　）。

(10) 退勤まで待って（　　　　）か。

第37課

欲望（ 動詞〜たい / 名詞〜が欲しい。 ）

光弘さん、あなたは何か欲しい物がありますか。

はい、あります。
何が欲しいですか。

ワープロとアコーデオンが欲しいです。
外に欲しい物がありますか。

いくらでも欲しい物があります。

きりがありません。

そうですね。人間には欲しい物が沢山ありますね。

お金も欲しいし、家も欲しいし、車も欲しい。人間の欲望は無限です。それなのに、収入には限りがありますね。だから、あまり欲しがらないようにするのがいいかも知れません。

永和さん、何かやりたいことがありますか。

あります。
何がやりたいですか。

剣道がやりたいです。それに、テニスもやりたいです。又、日本へも行きたいです。日本へ行って色色な物が買いたいし、景色も見たいです。又、新幹線にも乗ってみたいです。

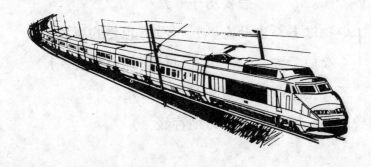

光弘先生，你有沒有想要的東西？

是，有。

要什麼？

我要日文打字機和手風琴。

其他還有想要的東西嗎？

要的東西是無限的。

講不完的。

是啊！人有很多想要的東西。

又要錢，又要房子，又要車子，

人之慾望是無限的。儘管如此，人之收入卻有一定的限度。所以，也許不要太多比較好。

永和先生，你有沒有想要做的事？

有。

想做什麼？

想打劍道。再說也想打網球。又想去日本，去日本買各種東西，也想看風景。又也想坐新幹線看看。

〔文型〕

(1)

車	が欲しい。	（想要有	車子。	）
家	形容詞		房子。	
お金			錢。	
ピアノ			鋼琴。	
カメラ			照相機。	
友達			朋友。	

何か欲しい物がありますか。　　（有沒有想要的東西？）

任何東西

あります。　　　　　　　　　　（有。）

何が欲しいですか。　　（想要什麼？）

家が欲しいです。　　（想要房子。）

何も欲し〔い物はありません。　　（沒有想要的東西。）

　　　　　〔くないです。　　　　　（什麼都不想要。）

家が欲しくて一生懸命にお金を溜めました。

　　（由於想要一幢房屋，拚命地存錢。）

学歴（がくれき）が欲しかったです。　　（當時很想要有一張文憑。）

家が欲しかったです。　　（當時很想要有一幢房子。）

欲しい物を手に入（い）れると、又次（またつぎ）の物が欲しくなります。

　　（一旦有了想要的東西，又想要有別的東西。）

(2)　日本へ行き　　｜たいです。　　　　想要｜去日本。
　　遊（あそ）び　　　　　接在「動詞」之　　玩。
　　休（やす）み　　　　　後，表示「希望　　休息。
　　働（はたら）き　　　　」「想要做這個　　工作。
　　　　　　　　　　動作」。
　　勉強がし　　　　　　　　　　　　　　讀書。

　　運動がし　　　　　　　　　　　　　　運動。

　　友達に会（あ）い　　　　　　　　　　見朋友。

　　おいしい物が食べ　　　　　　　　　　吃好吃的東西。

　　日本へ行き｜たくないです。　　　不想｜去日本。
　　休み　　　　　不想要做……。　　　　　休息。
　　遊び　　　　　　　　　　　　　　　　玩。
　　働き　　　　　　　　　　　　　　　　工作。
　　勉強し　　　　　　　　　　　　　　　讀書。
　　仕事し　　　　　　　　　　　　　　　工作。
　　運動し　　　　　　　　　　　　　　　運動。
　　大学へ入（はい）り　　　　　　　　　進入大學。
　　友達に会（あ）い　　　　　　　　　　見朋友。

日本へ行き ⎫ たかったです。	當時很想 ⎰ 去日本。
休み	休息。
遊び	玩。
働き	工作。
勉強し ⎬	讀書。
仕事し	工作。
運動し	運動。
大学へ入り	進入大學。
友達に会い ⎭	見朋友。

(3)　[動詞]　たがる。
　　　　　　表示「第三人稱之希望」。

　　　　[動詞]　たがっている。
　　　　　　表示「熟悉之第三人稱之希望」。

彼は彼女に会いたがっています。　　（他很想見她。）

弟は日本へ行きたがっています。　　（弟弟很想到日本去。）

この子供は ⎰ ビデオゲームをしたがっています。
　　　　　　　　（這個孩子很想打電動玩具。）
　　　　　　⎱ 遊びたがっています。　（這個孩子很想玩。）

子供は誰でも遊びたが ⎰ る。
　　　　　　　　　　　⎱ ります。　　（任何孩子都貪玩。）

女の人は誰でも服を買いたが ⎰ る。
　　　　　　　　　　　　　　⎱ ります。　（女人總是喜歡買衣服。）

修養<ruby>修養<rt>しゅうよう</rt></ruby>のある人は喧嘩<ruby>喧嘩<rt>けんか</rt></ruby>をしたが ⎰ らない。
　　　　　　　　　　　　　　　　　⎱ りません。

　　（有修養的人，不喜歡 ⎰ 吵 ⎰ 架。）
　　　　　　　　　　　　　⎱ 打 ⎱

－242－

⑷ きりが {ない。
         ‖ {ありません。   (無限的，無窮的)
   〔名詞〕（限度）

   欲望には {切り
            限度   } がない。   （慾望無限。）
            際限

⑸ いくらでも。   （再多也。）
   〔名詞〕「いくら」接〔副助詞〕「でも」
   表示「量無限」。

   いくらでも {持って行っていいよ。 （你要多少就儘管拿去罷！）
   好きなだけ}

   (Take as {much} as you like.)
            {many}

   そんな例はいくらでもあるよ。   （這樣的例子太多了。）
      (There are a great many cases like that.)

⑹ いくら | 用言 | ても。   （即使再……也。）

   お金はいくらあっても足りない。   （錢再多也不夠用。）
   いくら頑張ってもまだ成功にはほど遠い。

      （再怎麼奮鬥離成功還很遠。）
   いくら溜めてもまだ家が買えない。

      （再怎麼貯蓄也還不能買房子。）
   いくら走っても彼には追いつけない。 （再怎麼跑也追不上他。）
   いくら勉強しても流暢な日本語が話せない。

      （再怎麼讀也不能講流利的日語。）
   いくら行ってもまだ行きたい。（不管去了多少次，都還想再去。）

いくら暑くても洋服を着ていなくてはならない。

（再熱也要穿著西裝。）

いくら苦しくてもこの目標は達成しなければならない。

（再痛苦也要達成這個目標。）

いくら寒くても裸でいる。　　（再冷也赤著身體。）

いくら難しくてもやり遂げる。　　（再難也要把它完成。）

いくら遠くても歩いて行く。　　（再遠也要走路去。）

〔外來語〕

ワープロ　word processor

　　　　　日文打字機

アコーデオン　accordion

　　　　　手風琴

〔練習問題〕

(一) 中文譯日文

(1) 陳先生，你有想要的東西嗎？

(2) 有。

(3) 你想要什麼？

(4) 我想要日文打字機，也想要手風琴。

(5) 林先生，你想要什麼？

(6) 我什麼都不想要。

(7) 不過，我想去的地方有很多。

(8) 你想去什麼樣的地方？

(9) 我首先想去東京。

(10) 其次我想去日光。　　（日光＝地名）

(11) 去日光看東照宮。

（「東照宮」爲祭祀德川家康之神社，公元1646年完成。爲日本
　　最華麗之神社，第三代將軍德川家光所建。）

(12) 禮拜天想做什麼？

(13) 想打劍道。

(14) 我也想去中友百貨公司七樓買日文書。

(15) 我什麼都想做，不過時間不够用。

(16) 我也想買一幢房子。

(17) 可是再怎麼貯蓄都還差很多。

(18) 最近的孩子都想打電動玩具。　　（ビデオゲーム）

(19) 最近的人都不想做運動。

(20) 慾望是無限的。

(二) 塡充

(1) 欲望（　　　　　）きりがありませんね。

(2) いくら溜め（　　　　　）まだ家が買えません。

(3) お金はいくら（　　　　　）欲しいです。

(4) いくら時間が（　　　　　）足りません。

(5) いくら勉強（　　　　　）中中日本語に精通することができません。

(6) いくら雨が（　　　　　）行きます。

(7) いくらお金が（　　　　　）満足しません。

(8) いくら走っ（　　　　　）彼には追いつけません。

(9) 欲しい物は（　　　　　）持って行きなさい。

儘管

(10) お金も欲しい（　　　　　）、家も欲しい。

(11) 私は何も（　　　　　）ないです。

(12) あなただけが（　　　　　）です。

想要

(13) 子供の頃はとても大学に入り（　　　　　）です。

(14) 今の人はあまり運動をし（　　　　　）ません。

(15) 台湾の人は外国へ行き（　　　　　）ます。

(16) 私の子供も日本へ行き（　　　　　）ます。

(17) あまり欲し（　　　　　）ようにしましょう。

不要欲望太多

(18) 剣道もやりたいです。（　　　　　）、テニスもやりたいです。

再加上

(19) 何か（　　　　　）ことがありますか。

想做

(20) 新幹線に乗って（　　　　　）です。

嘗試

東京の大学

東京は日本の教育の中心地で知られています。ここには、約250の大学があります。明治時代からある長い歴史を持った有名な大学も沢山あります。電車の駅の名になるほどの有名大学も幾つかあります。早稲田とかお茶の水とかがそれです。

しかし、何と言っても、１番歴史が古く、１番名声の高いのは、国立東京大学であります。東京大学の前身は、江戸時代（１８５８年）に幕府が設立した開成所と医学所であります。今の東京大学は明治10年（１８７７年）にそれらを合わせて創設されました。東大のシンボルである赤い門は江戸時代に建てられたものであります。東大のことを赤門大学と呼ぶのもその為です。

１万円札の肖像で知られる福沢諭吉の創設した大学が慶応大学であります。彼は明治時代の思想家・教育家であり、経済実学を鼓吹した学者であります。当時の人人に強い影響を与えました。慶応は港区三田にあります。

早稲田大学は新宿区にあり、明治１５年、大隈重信が創設したのを同３５年に改制して今の名になりました。初めは東京専門学校という名でした。

１年に２度の６大学野球試合は次の大学によって行なわれます。早稲田・慶応・東京・法政・明治と立教の６つです。春と秋に１度ずつ青山にある神宮外苑球場で行なわれます。

課文中譯

東京是以日本之教育中心而出名。在此，大約有250個大學。自明治時代就存在之享有長久歷史之有名的大學也有很多。有一些大學之名稱甚至於成爲電車車站之名稱。早稻田以及茶水就是其中之一二。

然而，再怎麼說，歷史最悠久、最有名氣的還是國立東京大學。東京大學之前身是於江戶時代幕府所設立之開成所和醫學所。現今之東京大學是於明治10年（公元1877年）把這兩所合併而設立的。東大之象徵紅門是於江戶時代所建立的。把東大稱爲紅門大學也是因爲這個緣故。

以1萬圓紙幣之肖像而出名之福澤諭吉所設立之大學就是慶應大學。他是明治時代之思想家、教育家，是提倡經濟實用之學問之學者，給當時之人民帶來很大的影響。慶應大學在港區三田。

早稻田大學在新宿區，明治15年大隈重信創設之後，明治35年把它改制成爲現在之校名。起初之名稱是東京專門學校。

每年舉行兩次之六大學棒球比賽是由下列六大學來爭奪的。那些是早稻田、慶應、東京、法政、明治、以及立教之六大學。春季和秋季各1次在青山之神宮外苑棒球場舉行。

〔文型〕ぶんけい

(1) 〜で { 知られています。 （以 〜 而出名。）
　　　　　{ 名高いです。

日月潭は名勝で { 知られています。
じつげったん めいしょう { 名高いです。

故宮博物院は国宝の展示所で { 知られています。
こきゅうはくぶついん こくほう てんじしょ { 名高いです。

(2) 幾つか } ある。 （有一些個。）
　　いく　 }
　　数個　 }
　　すう こ

いくつか質問があります。 （有一些質問。）
しつもん

(I have some questions.)

－248－

いくつかの実験がその理論を立証している。

（有一些實驗證明該理論正確。）

(Several experiments support the theory.)

(3) 台北 { とか / や } 高雄 { とか / や } 台中 { とか / など } は台湾の大都会です。

名詞 とか 名詞 とか。（ 名 啦，或 名 啦，……）
表示列舉

(4) 何と言っても。　（無論如何；再怎麼説也）

何と言っても { 君の料理がいちばんおいしい。
結局

（再怎麼説也是你做的菜最好吃。）

(After all, your cooking is best.)

(5) ………のシンボルである。　（是……的象徴。）
symbol

十字架はキリスト教の象徴である。（十字架是基督教之象徴。）
日の丸は日本の { 象徴 / シンボル } である。（太陽旗是日本的象徴。）
薩摩芋は台湾のシンボルです。　（蕃薯是台灣之象徴。）
緑地白十字は民主進歩党のシンボルです。

（綠底白十字是民主進歩黨之象徴。）

(6) 札　（紙幣）(paper money)

日本有　１０００円札　　（１千圓鈔票）

5000円札　　　（5千圓鈔票）

10000円札　　　（1萬圓鈔票）

之三種。

一疊100張之鈔票，稱爲「札束」。

(7)　………によって、　　（由……來……。）

この本は林政徳先生によって書かれました。

　　（這本書是由林政徳老師所寫的。）

キリスト教はキリストの死によって始まりました。

　　（基督教是由基督之死而開始。）

宇宙は神によって作られ、神によって統治されています。

　　（宇宙是由神所創造，由神所統治的。）

〔練習問題〕

(一) 中文譯日文

⑴ 日月潭是以中部名勝而出名。

⑵ 「簡單日語」是以最佳日語教材而出名。

⑶ 台灣是以美麗之島而出名。

⑷ 台南有悠久歷史的名勝古蹟。

⑸ 南投縣有一些很出名之觀光地。

⑹ 他熱中於劍道，甚至於晚上都會作夢。（夢を見る）

⑺ 他熱中於長跑，甚至於晚上兩點鐘起來跑步。

⑻ 南台灣有很多好玩的地方，但無論如何以「墾丁公園」為最吸引
人之處。

⑼ 日本有很多國術，但無論如何以劍道為最突出者。

⑽ 外語有好幾種，但無論如何以英語為最重要者。

⑾ 蕃薯是台灣之象徵。

⑿ 綠地白十字是民主進步黨之象徵。

⒀ 台灣有很多政黨，但無論如何以民主進步黨為最照顧台灣人之政
黨。

⒁ 以1萬元鈔票之肖像所知名之福澤諭吉是慶應大學之設立人。

⒂ 「簡單日語」這本教材是由林政德老師所寫的。

⒃ 台灣今日之繁榮是台灣人辛勤努力之成果。

⒄ 台灣人經歷過一些重大災難，但無論如何以2.28事變為最。

⒅ 小時候之貧困生活會給人帶來很大影響。

⒆ 把台中市和台中縣合併起來以做為院轄市之計劃早就有了。

⒇ 大學聯合考試每年都在7月1日、2日舉行。

(二) 填充

⑴ 台中市は台湾で一番いい商業都市で（　　　　　　）ています。

(2) 南投県には（　　　　　）の名勝があります。

一些

(3) 名勝が沢山ありますが、（　　　　　）日月潭が主なものです。

無論如何

(4) 台中公園の池の東屋は台中のシンボルになる（　　　　）知ら
（涼亭）

れています。

(5) 日本は大変武士道の精神を重視し、剣道は正科になる（　　）
です。

(6) 彼は日本語の勉強に一生懸命で夜も寝ない（　　　　）です。

(7) 台湾総統府（初めは総督府）は明治時代、日本に（　　　　）
建てられたものです。

(8) 台湾大学は日本が台湾に来ている日本人の子弟の（　　　　）
に設立した大学であります。

(9) 台中市と台中県とを（　　　　）院轄市を作る計画があってか
ら長いですが、……。

(10) 福沢諭吉は経済実学を（　　　　）した人であります。

(11) 赤門は東大の（　　　　）であります。

(12) 八公の銅像は渋谷の（　　　　）で知られています。

(13) 中興大学の（　　　　）は台湾農業専門学校であります。

(14) 日本の軍閥は日本だけでなくアジアの人人に大きい影響を
（　　　　）た。

(15) 六大学野球試合は東大・慶応などの六大学によって毎年2度（
　　　　）ます。

(16) 中友デパートは中部最大のデパートとして（　　　　）。

知名

(17) 酒工場の隣（　　　　）長春プールは台湾で一番きれいなプー
ルとして知られています。

日本人と交際する

　日本人と交際するには、日本語を習うことです。少しでも日本語が話せれば彼等はあなたと親密な感じになります。

　大抵の日本人は高校や大学で6年以上英語を習っています。しかし、殆んど読み方と文法を習っただけで、会話の練習はあまりやっていません。それで、もし日本人と英語で話そうとするならば、ゆっくり、はっきり言わなければなりません。そして、短い言葉で言った方がいいです。どうしても通じない場合は、筆談をすればいいでしょう。

　多くの日本人は自分の英語を外人に褒められたがります。簡単な会話でもそれが出来れば、大変日本人は喜びます。

　初めて日本人に会った時、彼等の無口にあなたは驚くでしょう。彼等は自分の希望や意見について言いたがりません。又、彼等の言うことの本当の意味が中中摑めません。

　日本人はつき合いにくいとあなたは最初は思うでしょう。しかし、一度友達になったら、あなたはとても親切にされるでしょう。

　多くの日本人は礼儀正しく、謙虚な態度をしています。これが日本では大変好ましい態度だとされています。

　　要和日本人交際，先要學習日語。即使是一點點，你若能講日語，他們對你會覺得很親密。

　　大部份之日本人都在高中以及大學學過 6 年以上之英文。可是幾乎都只學過閱讀和文法而已，很少練習會話。所以若要和日本人用英文講，要慢慢地，清楚地說。而且最好用短句說，怎麼也無法溝通時可以用寫字來溝通罷！

　　大多數日本人都很喜歡被人誇獎自己英語講得很好。即使是簡單的會話，若能講，日本人就覺得很高興。

　　第一次遇到日本人時，你會驚訝他們很不愛講話罷！他們不喜歡講自己的抱負或意見。又，我們很難抓到他們說的真正的意思。

　　你一定會認爲日本人很難交往。可是一旦你能和他們成爲朋友，你將會被他們親切地看待。

　　很多日本人都很有禮貌，態度很謙虛。這種態度在日本是被認爲最受喜歡的態度。

〔文型〕(ぶんけい)

(1)　　| 動詞 |　こと（です。）　（要 〜 。）
　　　　　　　　　表示「輕的命令」。

勉強(べんきょう)すること。	（要讀書。）
仕事(しごと)すること。	（要工作。）
時間(じかん)を守(まも)ること。	（要遵守時間。）
約束(やくそく)を守(まも)ること。	（要遵守諾言。）
真剣(しんけん)にやること。	（要全力以赴。）
礼儀正(れいぎただ)しくすること。	（要有禮貌。）
人(ひと)に親切(しんせつ)にすること。	（要對人親切。）
怠(なま)けないこと。	（不要懶惰。）
ばくちをしないこと。	（不要賭博。）
遅(おく)れないこと。	（不要遲到。）
煙草(たばこ)を吸(す)わないこと。	（不要抽煙。）
嘘(うそ)をつかないこと。	（不要撒謊。）

怒らないこと。　　　　　　（不要生氣。）

慌てないこと。　　　　　　（不要慌張。）

焦らないこと。　　　　　　（不要著急。）

人の物を盗まないこと。　（不要偷別人的東西。）

(2)　〜には。　　（爲了要 〜 。）

(In order to ……)

成功するには努力しなければなりません。

　　　　（要成功必須努力。）

体を丈夫にするには運動をしなければなりません。

　　　　（要身體強壯必須運動。）

日本語が上手になるには一生懸命勉強しなければなりません。

　　　　（要日語拿手必須努力用功。）

金持になるには倹約しなければなりません。

　　　　（要成爲富翁必須節省。）

長生きするには体に注意しなければなりません。

　　　　（要長壽須注意身體。）

楽しく生きるには健康でなければなりません。

　　　　（爲要活得快樂，必須要健康。）

(3)　〜　たが｛る。　　　　　（第三人稱，往往喜歡 〜 。）
　　　　　　｛ります。

五段
〜　　　れ｛たが｛る。　　　（第三人稱，往往喜歡被 〜 。）
五段以外　られ｛　　　｛ります。
〜

多くの人は旅行をしたが｛る。　　　（大多數人都喜歡旅行。）
　　　　　　　　　　　　｛ります。

－255－

子供は皆遊びたが { る。　　　　（孩子都貪玩。）
　　　　　　　　 { ります。

女の子や女の人は服を買いたが { る。
　　　　　　　　　　　　　　 { ります。

　　　（女孩或女人都喜歡買衣服。）
男の子は喧嘩をしたが { る。　　　　（男孩子都喜歡打架。）
　　　　　　　　　　 { ります。

大抵の人は褒められたが { る。
　　　　　　　　　　　 { ります。

　　　（大部份的人都喜歡被誇獎。）
大抵の人は叱られたが { らない。　　　（大部份的人都不喜歡被罵。）
　　　　　　　　　　 { りません。

大抵の人は親切にされたが { る。
　　　　　　　　　　　　 { ります。

　　　（大部份的人都喜歡被親切對待。）
大抵の人は愛されたが { る。　　　（大部份的人都喜歡被愛。）
　　　　　　　　　　 { ります。

⑷　どうしても　　（①無論如何也要……）（②無論如何 { 也不……）
　　　　　　　　　　　　　　　　　　　　　　　　　怎麼 {

(by all means;at any cost;just can't,will not.)
どんな事をしても
どうしても彼と連絡を取らなければならない。

　　　（無論如何也要和他取得聯絡。）

(I must contact him at any cost.)
彼はどうしても学校を休むと言って聞かなかった。

　　　（他説無論如何也不去學校而不聽別人的勧告。）

(He insisted on being absent from school.)

どうしてもそれを信じられない。　　（怎麼也不能相信它。）

(I just can't believe it.)

この戸は　{ どうしても / なかなか }　開かない。　　（這扇門怎麼也打不開。）

(This door will not open.)

⑸　中中　{ ………ません。　　（很難……。）
　　とても　}　　　　　　　　　　（not easily.）

彼女は中中満足しない。　　（她很難滿足。）

(She is not satisfied easily.)

タクシーは中中来なかった。　　（計程車等了很久都沒來。）

(The taxi did not come for a long time.)

⑹　| 五段動詞 | 　う　{ とするならば。　　（若想要……。）
　　| 五段以外動詞 | 　よう　}

日本へ行こうとするならば、先ずお金を溜めなければならない。

　　　（若想要去日本，首先要儲蓄。）

休もうとするならば先ず働かなければならない。

　　　（若想要休息，先要工作。）

早く起きようとするならば、早く寝なければならない。

　　　（若想要早起，必要先就寢。）

おいしい物を食べようとするならば、お金を沢山持って出なければならぬ。

　　　（若想要吃美食，必先帶充裕的錢。）

成功しようと思うならば努力しなければならない。

　　　（若想成功，必要努力。）

将来楽をしようとするならば、若いうちに働かなければならない。

　　　（若想將來輕鬆過日子，要年輕時努力工作。）

〔練習問題〕

(一)　中文譯日文

⑴　要交日本人，首先要學日語。

⑵　要去日本，首先要儲蓄。

⑶　爲要身體強健，必須要運動。

⑷　爲要日語進步，必須要努力讀書。

⑸　爲要成功，必須要年輕時努力工作。

⑹　他幾乎只學習閱讀和文法而已。

⑺　會話很少練習。

⑻　若想以英文和日本人交談，必須講慢一點。

⑼　若想考取必須充分準備。

⑽　怎麼也不能溝通時用筆溝通罷！

⑾　若你能説簡單的日語，日本人會很高興。

⑿　他們不喜歡針對自己的抱負或意見講話。

⒀　他們講的眞正的意思很難捉住。

⒁　任何人都喜歡被人誇獎。

⒂　謙虛的態度被認爲是最好的態度。

⒃　必須要説清楚。

⒄　我在大學只學了基礎的日語而已。

⒅　無論如何也要去日本。

⒆　無論如何也要買房子。

⒇　你若會講一點日語，你將會被日本人親切地看待。

(二)　塡充

⑴　若し日本へ行（　　　　　）ならば、先ず日本語を習わなければなりません。

(2) 初めて日本人と会った時、あなたは日本人の（　　　　　　）に驚

　　　　　　　　　　　　　　　　　　　　　　　寡黙

　　くでしょう。

(3) 自分の希望に（　　　　　　）話して下さい。

(4) 人は誰でも褒め（　　　　）ます。

(5) 人は誰でも叱ら（　　　　）ません。

(6) どうしても通じない時は筆談（　　　　）いいでしょう。

(7) （　　　　　　）日本へ行きたいです。

　　at any cost

(8) 少し日本語が出来れば日本人はあなたと親密な（　　　　）ま

　　す。

(9) この戸はかたくて（　　　　）開きません。

(10) 彼女は（　　　　）満足しません。

(11) 日本語は（　　　　）上手に話せません。

(12) 日本人の言って言葉の真の意味は（　　　　）めません。

(13) 日本語が少しでも出来るとあなたは親切に（　　　　）でしょ

　　う。

(14) 謙虚な態度が好ましいと（　　　　）ます。

　　　　　　　　　　　　被認爲

(15) 簡単な会話でもそれが（　　　　）日本人は大変喜びます。

　　　　　　　　　會的話

(16) 日本人の無口にあなたは（　　　　）でしょう。

　　　　　　　　　　驚訝

(17) 短い言葉で言った（　　　　）です。

　　　　　　　比較好

(18) （　　　　　　）は簡単な英語しか話せません。

　　多數日本人

⒆　一度友達に（　　　　　　）あなたは親切にされます。

若成爲

⒇　会話の練習はあまり（　　　　）ません。

很少做

日本の国技（①相撲）

　日本の伝統的なスポーツとしては、相撲・剣道・柔道・弓道などがあります。相撲を除く3つの「道」と名のつくものは武道という名で呼ばれています。

　この中でも、特に人気を呼んでいるのは相撲です。それは広く新聞や雑誌、勿論テレビやラジオなどにも報道されています。しかし、本当にその興奮を味わおうとするならば、国技館へ行かなければならないでしょう。

　相撲の興行を大相撲と言いますが、年に6回日本各地で行なわれます。1月・5月・9月の3か月は東京で行なわれ、3月は大阪で、7月は名古屋で、11月は福岡で行なわれます。東京場所は両国にある国技館で行なわれます。同じように、大阪で行なわれる大相撲を大阪場所と言います。

　各場所は15日間続きます。一番終わりの日、つまり、15日目を千秋楽と言います。日本時間正午に始まって午後6時頃に終わります。台湾でテレビを見る場合は時差1時間ですから、午後5時頃終わるわけです。

　地位の低い力士から始まって幕内力士の横綱が最後に登場します。各力士は東西の両組に分かれていて、各組に15人います。この15日間に相手側のどの力士とも取組むことになります。だから、ランクの低い力士が横綱のようなランクの高い力士を破ることもあります。

　ランクの高い力士には、横綱の外に、大関・関脇・小結があり、これを三役と言います。いくら三役でも負けが勝ちより多くなる（負け越しと言う）と地位が下がって最下位になることもあります。人生もこのように実力が大切ですね。

做爲日本的傳統的運動來說，有相撲、劍道、柔道、弓道等。除相撲之外，其他３種附有「道」名者，是取武道之名而稱呼的。

其中最受歡迎者爲相撲，被報紙、雜誌，當然也在電視、收音機廣播廣範地被報導。然而，真正要欣賞它之興奮，還是要去國技館直接觀賞罷！

相撲之表演稱爲「大相撲」，一年有六次在日本各地舉行。１月、５月、９月之３個月是在東京，３月是在大阪，７月是在名古屋，11月是在福岡舉行。東京表演是在兩國國技館舉行。同樣地，在大阪所舉行的「大相撲」稱爲「大阪表演」。

各次表演會連續15天，最後一天，亦即第15天稱爲「千秋樂」。在日本時間中午開始，下午６點左右結束。在台灣觀看電視，因爲時差是１小時，則等於大約下午５點結束。

由地位低之力士開始比，幕內力士之最高地位橫綱，將於最後登場。各力士分爲東西兩組，各組有15人，等於在這15天內與對方之任何一位力士都有機會對抗，所以地位低之力士亦有機會打敗地位高，如橫綱這種力士。

地位高之力士，除橫綱之外，尚有大關、關脇、小結之３種，而把這３種稱爲「三役」，就算是「三役」，若輸比贏多（輸過頭）的話，地位就降低；亦有可能降到最低點。人生也像這樣，實力才是最重要的啊！

〔文型〕

(1) ………としては （做爲 ～ 來説。）

台湾の主要な農産物としては米・バナナ・パイナップル・砂糖・お茶などがあります。
台湾の有名大学としては、台湾大学・師範大学・政治大学・東呉大学・中興大学などがあります。

(2) 名をつけると （起名，就有這個名。）
名がつく。

子供に名をつける。 （給孩子起名。）
有名な人には本名の外に、別の名がついている。

（出名之人，除了本名之外，還有別名。）

国と名のつくものは嫌いだ。

（任何東西，在那上面附有國這個名稱者，都討厭。）

広三と名のつく建築が台中には多い。

（冠有廣三之建築物，台中很多。）

(3) 　〜　が行なわれ {る。 / ます。}　　（會舉行 〜 。）

職業野球 / プロ野球 } が常時台湾の各地で行なわれています。

台湾運動会は２年に１回台中で行なわれます。

(4) 興行　（客を集めて切符を売り、芝居や相撲などを催すこと。）

　　　　（招來觀衆售票，表演戲劇或相撲。）

(5) つまり　　　（亦即，換句話説。）

　　　　　　（in other words; that is to say.）

進おじさん、つまり、父の兄。　（進阿伯，亦即父親之哥哥。）

勝ちが負けより多い、つまり、勝ち越しを力士は望んでいます。

　　　（贏比輸多，換句話説「贏過頭」是力士們所希望的。）

(6) ランク / 等級 / 順位 } （rank）　が {高い / 低い}

ランクの高い人は大きい椅子に座っています。

(7) いくら ～ 名詞 でも

　　　　　　　　　　　　（任憑再 ～ 也）

　　　いくら ～ 動詞 形容詞 ても

いくら子供でもそれぐらいの事は分かるよ。

　　　（再孩子也知道那種簡單之事。）

いくら大雨でもマラソンの好きな人は走る。

　　　（下再大雨，喜歡長跑的人，還是會跑。）

いくら安くても必要でない物は買わない。

　　　（再便宜也不買不需要的東西。）

いくら金があってもばくちはしない。　（再怎麼有錢也不賭博。）

〔練習問題〕

（一） 中文譯日文

⑴ 再怎麼有錢也不賭博。

⑵ 再怎麼下大雨也要跑長跑。

⑶ 再怎麼便宜，不需要的東西，還是不買。

⑷ 再小孩子也會知道這種事。

⑸ 再遠也要去找。

⑹ 再貴，若有需要還是要買。

⑺ 再怎麼痛苦也要完成這個工作。

⑻ 再多花時間，也要把它做完。

⑼ 再怎麼沒有時間，也要一天抽出一小時運動。

⑽ 台灣省運動會每2年在台中舉行1次。

⑾ 這場比賽會繼續到月底。

⑿ 若要享受興奮，必須到比賽場去看罷！ （競技場 きょう ぎじょう）

⒀ 有「華」這個字的東西都跟台灣有關係。

⒁ 有「中央」這個字的東西都跟政府有關係。

⒂ 他在企業界是等級很高的人士。

⒃ 跆拳道在年輕人當中很受喜愛。

⒄ 人生實力最重要。

⒅ 不努力的話，地位會被降低。

⒆ 分為東西兩組對抗。

⒇ 日本的6點，換句話説是台灣之5點鐘。

（二） 填充

⑴ いくらお金が（　　　　　）不必要な物は買いません。

⑵ いくら大雨が（　　　　　）マラソンに出ます。

⑶ いくら大雨（　　　　　）マラソンに出ます。

(4) いくら子供（　　　　　）これぐらいのことは分かります。

(5) いくら英雄（　　　　　）死は恐いです。

(6) いくら安く（　　　　　）必要でない物は買いません。

(7) いくらおいしい物（　　　　　　）お中がいっぱいならば食べる気
になりません。

(8) いくらまずい物（　　　　　　）お中の空いた時はおいしいです。
　　　　　不好吃

(9) いくら歩い（　　　　　）疲れません。

(10) いくら努力し（　　　　　）成功への道は遠いです。

(11) いくらお金を（　　　　　）５００万円溜まりません。

(12) いくら勉強し（　　　　　）分からないことが沢山あります。

(13) いくら先生（　　　　　）分からないことはあります。

(14) 中央と名（　　　　　　）ものは必ず政府と関係があります。

(15) この試合は午後７時頃まで（　　　　　　）。
　　　　　　　　　　　　　　　　　　持續

(16) 人生は何と言っても（　　　　　）大切です。

(17) 日本の伝統のスポーツは大抵「……道」という名で（　　　　）。
　　　　　　　　　　　　　　　　　　　　　　　　　被稱呼

(18) 弱い力士が強い力士を（　　　　）こともあります。
　　　　　　　打敗

(19) 正午に始まり、６時頃終わるから６時間行なわれる（　　　　）。
　　　　　　　　　　　　　　　　　　　　　　　　也就是説

(20) 私達は２組に（　　　　）試合をしました。
　　　　　分爲

日本の国技（②剣道）

　日本刀を木刀に変えて稽古をし、更に竹刀に変えて稽古をしたのが今の剣道の始まりです。今のように防具をつけて竹刀で打つやり方は徳川時代中期に始まったと言われます。つまり、西暦１５５０年頃のことですから、今から４５０年ぐらい前に今のような剣道が始まったと言える訳です。

　当時は武士だけが城を守る手段として習ったのですが、その後明治時代になって中学校の正規の科目として取り入れられました。第二次世界大戦後、一時、盟軍の占領下にあった日本は剣道を禁止されましたが、昭和２７年再び独立国になった後は、戦前を凌ぐほど盛んになりました。

　剣道は５つの幼い子供から９０のお爺さんまで出来る運動で、これほど寿命の長い運動はありません。

　剣道は老若男女を問わず、どんな人でも習うことができます。竹刀１本を両手に持って上から下へ振って相手を打つだけの動作ですが、中中難しい武道です。

　しかし、心身の練磨には、これほどいい運動はないと言えます。最初は慣れないが、半年も練習するとだんだん慣れて来ます。そして、とてもやりたくなります。

　剣道を習う最大のメリットは、姿勢がよくなるということです。そして、動作が敏捷になるということです。

　皆さんも習ってみませんか。

　　把日本眞刀換爲木刀練習，然後再換爲竹劍練習，是現今的劍道之濫觴。像現今穿戴護套用竹劍打的打法是聽説起於德川時代中期，換言之，那時是公元1550年時，也就是説從現在倒數回去大約是450年左右以前，像現今這樣之劍道開始了。

　　當時只是武士爲了保護城堡學習的　嗣後到了明治時代，被納入爲中學之正式科目。第二次世界大戰後暫時被盟軍（美軍）所占領之日本，被禁止打劍道。但，到了昭和27年度成爲獨立國之日本，劍道急速普遍起來，幾乎凌駕戰爭以前。

　　劍道是自5歲之幼兒到90歲之老人都可以做的運動，没有一項比這個更可以長久做之運動了。

　　無論老少男女，任何人都可以學習的，只是拿著1支竹劍在雙手，自上向下揮劍打對方而已之動作，可是是相當困難之一種武道。

　　然而，爲了鍛錬精神體魄，是可以説没有比這個更好的運動了。起初雖然不習慣，但只要經過練習半年，就漸漸習慣起來，而且會變成上癮。

　　學劍道之最大好處是姿勢會變成很挺這一點，而且動作會變成敏捷。

　　各位，也來學習罷！

〔文型〕ぶんけい

(1) 稽古（けいこ）をする。　（練習日本傳統之運動。）

柔道（じゅうどう）
剣道（けんどう）　｝の稽古をする。
茶道（さどう）

(2) 〜として取（と）り入（い）れられました。　（被採用爲 〜。）

正式（せいしき）の
選択（せんたく）　｝科目（かもく）として取（と）り入（い）れられました。
必修（ひっしゅう）

(3) 凌（しの）ぐほど盛（さか）んになりました。　（普遍起來，幾乎凌駕 〜。）

台湾の｛プロ野球｝は｛日本｝のそれを凌ぐほど盛んになりまし
　　　｛テコン道｝　｛韓国｝
　　　　（跆拳）
た。

⑷　寿命の長い運動。

　寿命に関係なく長く出来る運動。

　　　（不管什麼年齡都可以做的長久性的運動。）
　ボクシングは寿命の短い運動です。

　　　（拳擊是到了中年就不能做之運動。）

⑸　メリット　（merit）　（好處）

　日本語を習う最大のメリットは、最新知識が速く得られるという
ことです。

　　　（學習日語之最大好處就是能迅速地得到最新知識。）
　マラソンを練習する最大メリットは本当に体力が練れるというこ
とです。

　　　（學習長跑的最大好處是眞正可以鍛錬出體力。）
　英語を習う最大のメリットは世界中どこへ行っても言葉が通じる
ということです。

　　　（學習英語最大好處是全世界去哪裏都可以溝通。）

⑹　〜　にはこれほどいい………はない。
　爲了 〜 没有比……更好的。

　最新知識を得るには日本の雑誌を読むほどいい方法はない。

　　　（爲要得到最新知識没有比唸日本雜誌更好的方法。）

体力を練るにはマラソンほどいい運動はない。

（爲要練體力，没有比長跑更好的運動。）

精神力を練るには剣道ほどいい運動はない。

（爲了要鍛錬精神没有比劍道更好的運動。）

(7) とてもやりた { い。 （會變成很喜歡做。） （會上癮。）
             くなります。

一度出来るととてもやりたくなります。（一旦會了，就會上癮。）

一度日本へ行くととても行きたくなります。

    （一旦去了日本，就很想再去。）

一度その味が分かるととても食べたくなります。

    （一旦知道那味道，就很想再吃。）

(8)　〜と言 { えます。 （可以這麼説。）
           うことができます。

台中は台湾で一番住みやすい都市だと言えます。

    （台中可以説是台灣最好住的都市。）

台湾の今日の発展は台湾人の努力の結果だと言えます。

    （台灣今日的發展可以説是台灣人努力的結果。）

台湾は一年中春だと言えます。（台灣可以説是整年都是春天。）

〔練習問題〕

(一) 中文譯日文

⑴ 台灣今日之發展可以説是台灣人努力之結果。

⑵ 劍道可以説是典型的日本武道。 （典型的）

⑶ 由上而下揮下去打而已。

⑷ 戰後運動普遍化了。

⑸ 在盟軍統治下之日本被禁止打劍道了。

⑹ 像現在這樣的劍道是德川時代中期開始。

⑺ 現在日本劍道很普遍，幾乎超過戰前。

⑻ 棒球最近在台灣又普遍起來了。

⑼ 劍道在台灣不像棒球那樣普遍。

⑽ 拳擊不是壽命長的運動。

⑾ 劍道是壽命很長的運動。

⑿ 劍道即使到90歲也還可以打。

⒀ 學劍道之好處在可以練強健之體魄。

⒁ 長跑眞正之好處在於它能練出耐久力以及強健體魄。

⒂ 不問男女老幼（老若男女）人都要繼續運動。

⒃ 爲要端正姿勢最好是練劍道。

⒄ 穿戴護套用竹劍打的劍道，聽説是始於德川時代。

⒅ 當時是武士爲守護城堡之手段才學習的。

⒆ 沒有一項運動像劍道這樣壽命長。

⒇ 學劍道和學長跑都一樣，會上癮。

(二) 塡充

⑴ 劍道は德川時代中期に（　　　　）。

開始的

－271－

(2) 剣道の（　　　　　）は徳川時代中期と言われます。

　　　　　　　　濫觴

(3) 剣道が今の（　　　　　　）になったのは450年前からです。

　　　　　　像～這様的

(4) 剣道は明治時代に中学校の正科に（　　　　　）ました。

(5) 武士だけが城を（　　　　）として始めました。

　　　　　　　守護的手段

(6) 日本は当時一時盟軍によって剣道を（　　　　　）。

(7) しかし、今では戦前を（　　　　）盛んになりました。

(8) 5つの幼い子供から90のお爺さん（　　　　）運動です。

(9) 剣道は（　　　　　）を問わず誰にでも出来る運動です。

　　　　　　男女老幼

(10) 台湾人のばくち根性は世界のどの国の人をも（　　　　　）ほ
どです。

(11) このばくち根性を（　　　　）生産性に持って行かなければな
りません。　　　　改變

(12) 剣道を習う最大の（　　　　）は何でしょうか。

　　　　　　　　好處

(13) ばくちに何の（　　　　）があるでしょう。

(14) 一度剣道をやればとてもやり（　　　　）ます。

(15) 姿勢がよくなる（　　　　）剣道を習うのが一番いいです。

　　　　　　　爲了

(16) 動作が（　　　　）と交通事故に遭うことも少なくなります。

　　　　敏捷起來

(17) 台湾では今、何が一番（　　　　）でしょうか。

　　　　　　　　普遍

(18) 初めは（　　　）が、だんだん慣れて来ます。

⑴⑼　私は健康を保<ruby>保<rt>たも</rt></ruby>つ（　　　　　）剣道を習っています。

　　　　　　做爲手段

〔説明〕

①　<ruby>徳川時代<rt>とくがわじだい</rt></ruby>（又稱爲「<ruby>江戸時代<rt>えど</rt></ruby>」）：公元1600年德川家康在關之原戰役一役打敗石田三成等，1603年開創江戶幕府。嗣後由子孫傳代一直到第15代德川慶喜，1867年，把政權奉還給天皇爲止，共264年之期間。

②　<ruby>武士<rt>ぶし</rt></ruby>：學習武藝，從事保護城堡或戰鬥之一種職業人。如士農工商一語，武士是階級最高之一種人。

品詞總表

獨立語

没有活用的
- (1)名詞（體言）
  - ①普通名詞（机、椅子、鳥、犬、猫、木、草、車、紙）
  - ②固有名詞（台中、台湾、阿里山、日月潭、村山富市、エジソン）
  - ③數詞（一、二、三、ひとつ、ふたつ、ひとり、ふたり、ついたち、ふつか）
  - ④形式名詞（こと、もの、つもり、はず）
- (2)代名詞（體言）
  - ①人代名詞（わたし、あなた、かれ、かのじょ、こいつ、あいつ）
  - ②指示代名詞（これ、それ、あれ、どれ、ここ、そこ、あそこ、どこ、こっち、そっち）
- (3)接續詞（しかし、だが、けれども、それなのに、それで、だから、そして）
- (4)感動詞（おお、ああ、あら、あらあら、まあ、あらまあ）

有活用的（用言）
- (1)動詞
  - ①五段活用動詞（行く、書く、歩く、走る、帰る、遊ぶ、学ぶ）
  - ②上一段活用動詞（見る、率いる、いる、起きる）
  - ③下一段活用動詞（食べる、考える、寝る、得る）
  - ④カ行變格活用動詞（来る）
  - ⑤サ行變格活用動詞（する）
- (2)形容詞（暑い、寒い、大きい、小さい、古い、新しい、嬉しい）
- (3)形容動詞（きれいだ、丈夫だ、上手だ、下手だ、静かだ）

補助語

没有活用的
- (1)副詞
  - ①限定副詞（少しも、けっして、ぜんぜん、たった、ただ）
  - ②程度副詞（少し、ちょっと、とても）
  - ③呼應副詞（たぶん、けっして、ぜんぜん）
  - ④修飾用言者（たいへん、たいそう、すぐ）
  - ⑤修飾體言者（およそ、やく、たった、ほんの、わずか）
  - ⑥修飾副詞者（もっと）
- (2)連體詞
  - ①こそあど體系者（この、その、あの、どの、こんな、そんな、あんな）
  - ②其他（あらゆる、ある）

　　　　(1)助動詞

　　　　　①下一段動詞型（れる、られる、せる、させる、たがる）

有　　　②形容詞型（らしい、たい、ない）

活　　　③形容動詞型（だ、そうだ、ようだ）

用　　　④特殊型（ます、た、です）

　　　　　⑤没有活用型（う、よう、まい）

　　　　(2)助詞

　　　　　①格助詞（が、に、の、と、を、から、まで、より、や、へ）

没　　　②接續助詞（ので、から、のに、が、けれども、し、たり、て、ながら）

有　　　③副助詞（ほど、ぐらい、まで、でも、より、きり、しか、すら、さえも、

活　　　　　　　　は）

用　　　④終助詞（か、ぞ、よ、ね、ねえ、な、なあ、の、わ、ぜ、かな）

動 詞 活 用 表

活用	五段活用動詞									上一段活用動詞					下一段活用動詞												カ行変格	サ行変格
動詞	書(か)く	差(さ)す	立(た)つ	死(し)ぬ	読(よ)む	売(う)る	笑(わら)う	漕(こ)ぐ	遊(あそ)ぶ	居(い)る	似(に)る	見(み)る	借(か)りる	滅(ほろ)びる	掛(か)ける	立(た)てる	兼(か)ねる	止(や)める	倒(たお)れる	冴(さ)える	転(ころ)げる	混(ま)ぜる	撫(な)でる	食(た)べる	寝(ね)る	得(え)る	来(く)る	する
行	カ行	サ行	タ行	ナ行	マ行	ラ行	ワ〜ア行	ガ行	バ行	ア行	ナ行	マ行	ラ行	バ行	カ行	タ行	ナ行	マ行	ラ行	ア行	ガ行	ザ行	ダ行	バ行	ナ行	ア行	カ行	サ行
語幹	書	差	立	死	読	売	笑	漕	遊	○	○	○	借	滅	掛	立	兼	止	倒	冴	転	混	撫	食	○	○	○	○
語尾	く	す	つ	ぬ	む	る	う	ぐ	ぶ	いる	にる	みる	りる	びる	ける	てる	ねる	める	れる	える	げる	ぜる	でる	べる	ねる	える	くる	する
未然形	かこ	さそ	たと	なの	まも	らろ	わお	がご	ばぼ	い	に	み	り	び	け	て	ね	め	れ	え	げ	ぜ	で	べ	ね	え	こ	しさせ
連用形	いき	し	ちっ	にん	みん	りっ	いっ	ぎい	びん	い	に	み	り	び	け	て	ね	め	れ	え	げ	ぜ	で	べ	ね	え	き	し
終止形	く	す	つ	ぬ	む	る	う	ぐ	ぶ	いる	にる	みる	りる	びる	ける	てる	ねる	める	れる	える	げる	ぜる	でる	べる	ねる	える	くる	する
連體形	く	す	つ	ぬ	む	る	う	ぐ	ぶ	いる	にる	みる	りる	びる	ける	てる	ねる	める	れる	える	げる	ぜる	でる	べる	ねる	える	くる	する
假定形	け	せ	て	ね	め	れ	え	げ	べ	いれ	にれ	みれ	りれ	びれ	けれ	てれ	ねれ	めれ	れれ	えれ	げれ	ぜれ	でれ	べれ	ねれ	えれ	くれ	すれ
命令形	け	せ	て	ね	め	れ	え	げ	べ	いろ いよ	にろ によ	みろ みよ	りろ りよ	びろ びよ	けろ けよ	てろ てよ	ねろ ねよ	めろ めよ	れろ れよ	えろ えよ	げろ げよ	ぜろ ぜよ	でろ でよ	べろ べよ	ねろ ねよ	えろ えよ	こい	しろ せよ

助動詞活用表

種類	下一段動詞型					形容詞型			形容動詞型				特殊型				没有活用的		
助動詞	れる	られる	せる	させる	たがる	ない	たい	らしい	そうだ（様態）	そうだ（伝聞）	ようだ	だ	ます	です	た	ぬ（ん）	まい	よう	う
未然形	れ	られ	せ	させ	たがろ／たがら	なかろ	たかろ	○	そうだろ	○	ようだろ	だろ	ましょ／ませ	でしょ	たろ	○	○	○	○
連用形	れ	られ	せ	させ	たがり／たがっ	なく／なかっ	たく／たかっ	らしく／らしかっ	そうで／そうに／そうだっ	そうで	ように／ようで／ようだっ	で／だっ	まし	でし	○	ず	○	○	○
終止形	れる	られる	せる	させる	たがる	ない	たい	らしい	そうだ	そうだ	ようだ	だ	ます	です	た	ぬ（ん）	まい	よう	う
連體形	れる	られる	せる	させる	たがる	ない	たい	らしい	そうな	○	ような	（な）	ます	（です）	た	ぬ（ん）	（まい）	（よう）	（う）
假定形	れれ	られれ	せれ	させれ	たがれ	なけれ	たけれ	○	そうなら	○	ようなら	なら	ますれ	○	たら	（ね）	○	○	○
命令形	れろ／れよ	られろ／られよ	せろ／せよ	させろ／させよ	○	○	○	○	○	○	○	○	ませ／まし	○	○	○	○	○	○

形容詞活用表　　形容動詞活用表

形容詞活用表

	例語	
例語	嬉しい	暑い
語幹	嬉し	暑
未然形	かろ	
連用形	く	かっ
終止形	い	
連體形	い	
假定形	けれ	
命令形	○	

形容動詞活用表

	例語	
例語	静かだ	丈夫だ
語幹	静か	丈夫
未然形	だろ	
連用形	に	で　だっ
終止形	だ	
連體形	な	
假定形	なら	
命令形	○	

簡單日語（二）
定價：250元

中華民國八十四年八月第一版一刷
本出版社經行政院新聞局核准登記
登記證字號：局版臺業字1292號

編　　著：林　政　德
發　行　所：鴻儒堂出版社
發　行　人：黃　成　業
地　　址：台北市城中區100開封街一段19號
電　　話：三一二〇五六九、三七一二七七四
電話傳真機：〇二～三六一二三三四
郵政劃撥：〇一五五三〇〇～一號

排　　版：華太印刷有限公司
製　　版：明昌製版有限公司
印　　刷：楨文彩色平版印刷公司
裝　　訂：啟榮印製企業有限公司